高士其
科普大师经典馆

菌儿自传

高士其 著

中国国际广播出版社

·序·

假如儿童文学作者是儿童精神食粮的烹调者的话，那么，高士其就是一位超级厨师！

高士其是文藻的清华留美预备学校的同学，他比文藻小两班。听说他原来的名字叫高仕錤，是家里给他起的；他嫌“仕”字是做官的意思，“錤”又带“金”字边，也很俗气，他自己就把“人”字、“金”字边旁都去掉了，于是他的名字就叫高士其。

1928 年，他在美国芝加哥大学，因进行“脑炎病毒”研究，试管爆裂，使他感染了病毒，得了脑炎后遗症，造成了他肉体上的残疾，而作为儿童科学文艺的作者，他却坚强地走在许多健康人的前面！

五四运动的口号，是“民主”和“科学”。高士其就是全心全力地把科学知识用比喻、拟人等方法，写出深入浅出，充满了趣味的故事，就像色、香、味俱全的食品一样，得到了他所热爱的儿童们的热烈欢迎。

高士其的儿童文学著作，不论是文是诗，都是科学、文艺和政论的结晶，他说过：“科学文艺……失去了文艺性，也就失去了它的吸引力……而它的吸引力，正是帮助他们（读者）从乐趣中获得知识。”

他的作品，如《菌儿自传》《我们的抗敌英雄》《细菌的大菜馆》《抗战与防疫》等，都是儿童科学文艺中的杰作。

我在《〈1956—1961 年儿童文学选〉序》中曾说过：“为儿童准备精神食粮的人们，就必须精心烹调，做到端出来的饭菜，在色、香、味上无一不佳，使他们一看见就会引起食欲，欣然举箸，点滴不遗。因此，为要儿童爱吃他们的精神食粮，我们必须讲究我们的烹调艺术，也就是必须讲求我们的创作艺术。”我写这段文字时，心里想的就是高士其的儿童科学文艺的创作。

冰　心

1990 年 11 月 20 日阳光满室之晨

目录

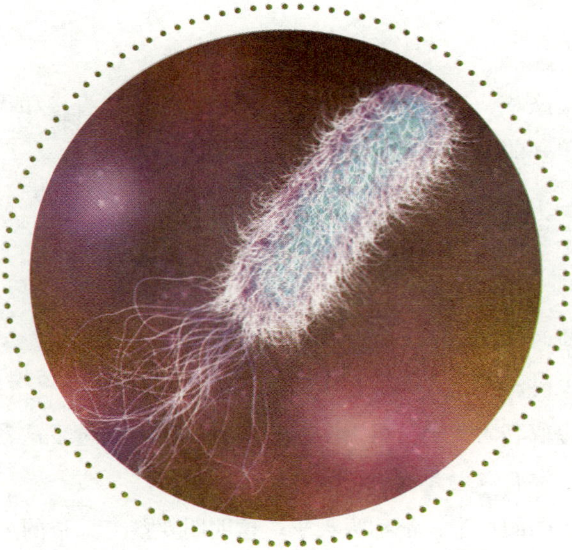

我的名称

这一篇文章，是我老老实实的自述，请一位曾直接和我见过几面的人笔记出来的。

我自己不会写字，写出来，就是蚂蚁也看不见。

我也不曾说话，就有一点声音，恐怕苍蝇也听不到。

那么，这位笔记的人，怎样接收我心里所要说的话呢？

那是暂时的一种秘密，恕我不公开吧。

闲话少讲，且说我为什么自称作“菌儿”。

我原想取名为微子，可惜中国的古人，已经用过了这名字，而且我嫌“子”字有点大人气，不如“儿”字谦卑。

自古中国的皇帝，都称为天子。这明明要挟老天爷的声名架子，以号召群众，使小百姓们吓得不敢抬头。古来的圣贤名哲，又都好称为子，什么老子、庄子、孔子、孟子……真是“子”字未免太名贵了，太大模大样了，不如“儿”字来得小巧而逼真。

我的身躯，永远是那么幼小。人家由一粒“细胞”出身，能积成几千，几万，几万万。细胞变成一根青草，一把白菜，一株挂满绿叶的大树，或变成一条蚯蚓，一只蜜蜂，一头大狗、大牛，乃至于大象、大鲸，看得见，摸得着。我呢，也是由一粒细胞出身，虽然分得格外快，格外多，但只恨它们不争气，不团结，所以变来变去，总是那般一盘散沙似的，孤单单的，一颗一颗，又短又细又寒酸。惭愧惭愧，因此今日自命作“菌儿”。为“儿”的原因，是因为小。

至于“菌”字的来历，实在很复杂，很渺茫。屈原所作《离骚》中，有这么一句：“杂申椒与菌桂兮，岂维纫夫蕙茝。”这里的“菌”，是指一种香木。这位失意的屈先生，拿它来比喻贤者，以讽刺楚王。我的老祖宗，有没有那样清高，那样香气熏人，也无从查考。

不过，现代科学家都已承认，菌是生物中之一大类。菌族菌种，很多很杂，菌子菌孙，布满地球。你们人类所最熟识者，就是煮菜煮面所用的蘑菇香蕈之类，那些像小纸伞似的东西，黑圆圆的盖，硬短短的柄，实是我们菌族里的大汉。当心呀！勿因味美而忘毒，那大菌，有的很不好惹，会毒死你们贪吃的人呀。

至于我，我是菌族里最小最小，最轻最轻的一种。小得使你们肉眼，看得见灰尘的纷飞，看不见我们也夹在里面飘游。轻得我们好几十万挂在苍蝇脚下，它也不觉着重。真的，我比苍蝇的眼睛还小1000倍，比顶小一粒灰尘还轻100倍哩。

因此，自我的始祖，一直传到现在，在生物界中，混了这几千万

大肠杆菌

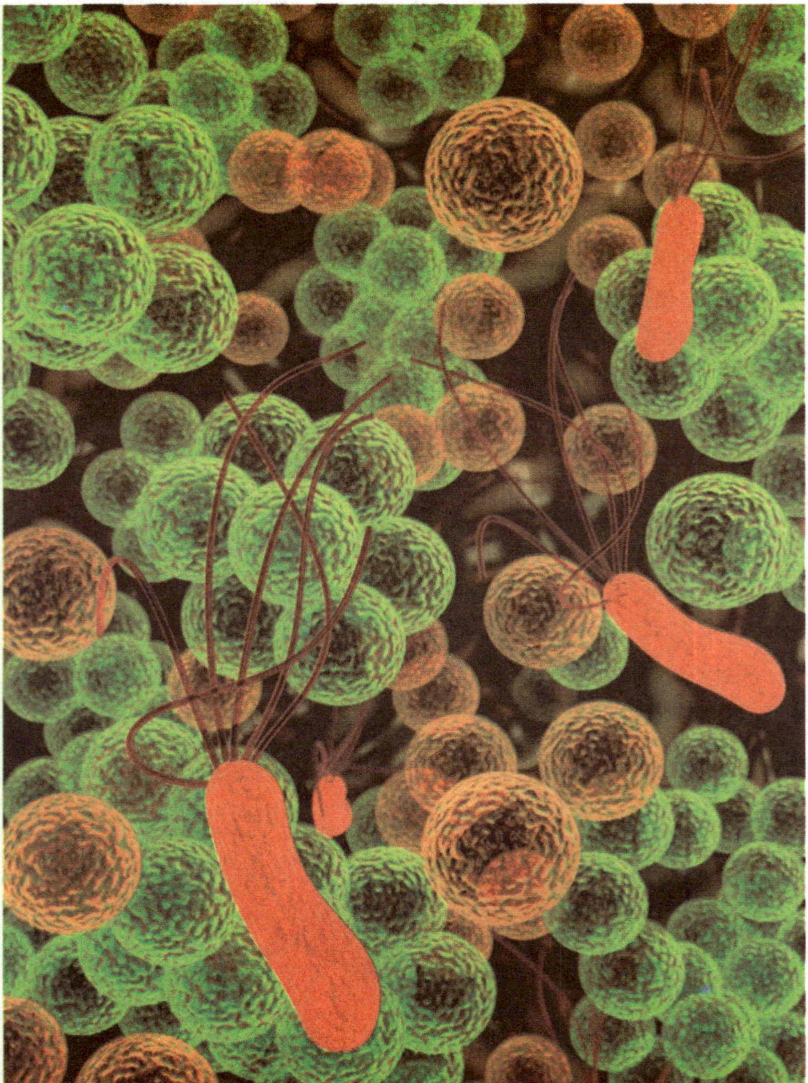

菌 儿

年，没有人知道有我。大的生物，都没有看见过我，都不知道我的存在。

不知道也罢，我也乐得过着逍逍遥遥的生活，没有人来搅扰。天晓得，后来，偏有一位异想天开的人，把我发现了，我的秘密，就渐渐地泄露出来，从此多事了。

这消息一传到众人的耳朵里，大家都惊惶起来，觉得我比黑暗里的影子还可怕。然而始终没有和我对面会见过，仍然是莫名其妙，恐怖中，总带着半疑半信的态度。

“什么‘微生虫’？没有这回事，自己受了风，所以肚子痛了。”

“哪里有什么病虫？这都是心火上冲，所以头上脸上生出疖子疔疮来了。”

“寄生虫就说有，也没有那么凑巧，就爬到人身上来，我看，你的病总是湿气太重的缘故。”

这是我亲耳听见过三位中医，对于三位病家所说的话。我在旁暗暗地好笑。

他们的传统观念，病不是风生，就是火起；不是火起，就是水涌上来的，而不知冥冥之中还有我在把持活动。

因为冥冥之中，他们看不见我，所以又疑云疑雨地叫道：“有鬼，有鬼！有狐精，有妖怪！”

其实，哪里来的这些魔物，他们所指的，就是指我，而我却不是鬼，也不是狐精，也不是妖怪。我是真真正正，活活现现，明明白白的一种生物，一种最小最小的生物。

既也是生物，为什么和人类结下这样深的大仇，天天害人生病，时时暗杀人命呢？

说起来也话长，真是我有冤难申，在这一篇自述里面，当然要分辨个明白，那是后文，暂搁不提。

因为一般人，没有亲见过，关于我的身世，都是出于道听途说，传闻失真，对于我未免胡乱地称呼。

虫，虫，虫——寄生虫，病虫，微生虫，都有一个字不对。我根本就不是动物的分支，当不起“虫”字这尊号。

称我为寄生物，为微生物，好吗？太笼统了。配得起这两个名称的，又不止我这一种。

唤我作病毒吗？太没有生气了。我虽小，仍是有生命的啊。

病菌，对不对？那只是我的罪名，病并不是我的职业，只算是我非常时的行动，真是对不起。

是了，是了，微菌是了，细菌是了。那固然是我的正名，却有点科学绅士气，不合于大众的口头语，而且还有点西洋气，把姓名都颠倒了。

菌是我的姓。我是菌中的一族，菌是植物中的一类。

菌字，口之上有草，口之内有禾，十足地表现出植物中的植物。这是寄生植物的本色。

我是寄生植物中最小的儿子，所以自愿称作菌儿。以后你们如果有机缘和我见面，请不必大惊小怪，从容地和我打一个招呼，叫声菌儿好吧。

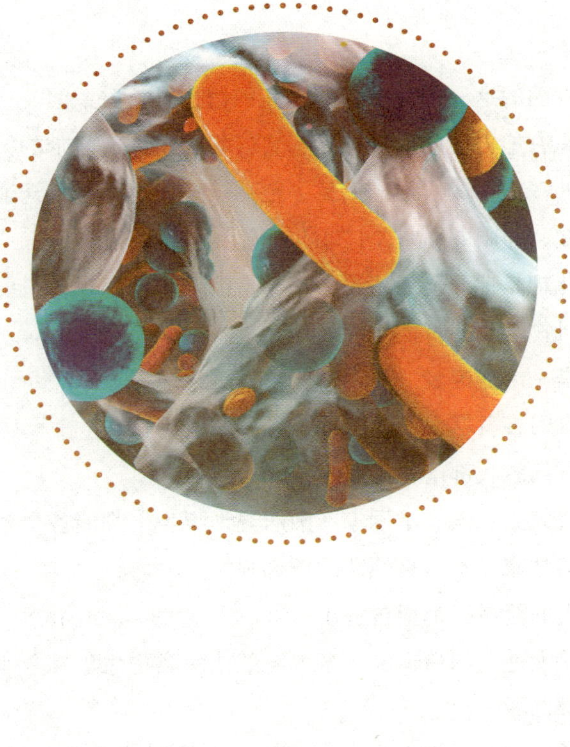

我的籍贯

我们姓菌的这一族，多少总不能和植物脱离关系罢。

植物是有地方性的。这也是为着气候的不齐。热带的树木，移植到寒带去，多活不成。你们一见了芭蕉、椰子之面，就知道是从南方来的。荔枝、龙眼的籍贯是广东与福建，谁也不能否认。

我菌儿却是地球通，不论是地球上哪一个角落里，只要有一些水汽和“有机物”，我都能生存。

我本是一个流浪者。

像西方的吉普赛民族，流荡成性，到处为家。

像东方的游牧部落，逐着水草而搬移。

又像犹太人，没有了国家，散居异地谋生，都能各个繁荣起来，世界上大富之家，不多是他们的子孙吗？

这些人的籍贯，都很含混。

我又是大地上的清道夫，替大自然清除腐物烂尸，全地球都是我工作的区域。

我随着空气的动荡而上升。有一回，我正在天空 4000 米之上飘游，忽而遇见一位满面都是胡子的科学家，驾着氢气球上来追寻我的踪迹。那时我身轻不能自主，被他收入一只玻璃瓶子里，带到他的实验室里去受罪了。

我又随着雨水的浸润而深入土中。但时时被大水所冲洗，洗到江河湖沼里面去了。那里的水，我真嫌太淡，不够味。往往不能得一饱。

犹幸我还抱着一个很大的希望：希望娘姨大姐，贫苦妇人，把我连水挑上去淘米洗菜，洗碗洗锅；希望农夫工人，劳动大众，把我一口气喝尽了，希望由各种不同的途径，到人类的肚肠里去。

人类的肚肠，是我的天堂，
在那儿，没有干焦冻饿的恐慌，
那儿只有吃不尽的食粮。

然而事情往往不如意料的美满，这也只好怪我自己太不识相了，不安分守己，饱暖之后，又肆意捣毁人家肚肠的墙壁，于是乱子就闹大了。那个人的肚子，觉着一阵阵的痛，就要吞服了蓖麻油之类的泻药，或用灌肠的手续，不是油滑，便是稀散，使我立足不定，这么一泻，就泻出肛门之外了。

从此我又颠沛流离，如逃难的灾民一般，幸而不至于饿死，辗转又归到土壤了。

初回到土壤的时候，一时寻不到食物，就吸收一些空气里的氮气，以图暂饱。有时又把这些氮气，化成了硝酸盐，直接和豆科之类的植物换取别的营养料。有时遇到了鸟兽或人的尸身，那是我的大造化，够我几个月乃至几年的享用了。

天晓得，20 世纪以来，美国的生物学者，渐渐注意了伏于土壤中的我。有一次，被他们掘起来，拿去化验了。

我在化验室里听他们谈论我的来历。

有些人就说，土壤是我的家乡。

有的以为我是水国里的居民。

有的认为我是空气中的浪子。

又有的称我是他们肚子里的老主顾。

各依各人的试验所得而报告。

其实，不但人类的肚子是我的大菜馆，人身上哪一块不干净，哪一块有裂痕伤口，哪一块便是我的酒楼茶店。一切生物的身体，不论是热血或冷血，也都是我求食借宿的地方。只要环境不太干，不太热，我都可以生存下去。

干莫过于沙漠，那里我是不愿去的。埃及古代帝王的尸体，所以能保藏至今而不坏者，也就为着我不能进去的缘故。干之外再加以防腐剂，我就万万不敢去了。

热到了 60℃以上，我就渐渐没有生气，一到了 100℃的沸点，我就没有生望了。我最喜欢是暖血动物的体温，那是在 37℃左右罢。

热带的区域，既潮湿，又温暖，所以我在那里最惬意，最恰当。因此又有人认为我的籍贯，大约是在热带罢。

世界各国人口的疾病和死亡率，据说以中国与印度为最高，于是众人的目光又都集在我的身上了，以为我不是中国籍，便是印度籍。

最后，有一位欧洲的科学家站起来说，说是我应属于荷兰籍。

说这话的人的意见以为，在 17 世纪以前，人类始终没有看见过我，而后来发现我的地方，却在荷兰国，德尔夫市政府的一位看门老头子的家里。

这事情是发生于公元 1675 年。

这位看门先生是制显微镜的能手。他所制的显微镜，都是单用一片镜头磨成，并不像现代的复式显微镜那么笨重而复杂，而他那些镜头的放大力，却也不弱于现代科学家所用的。我是亲尝过这些镜头的

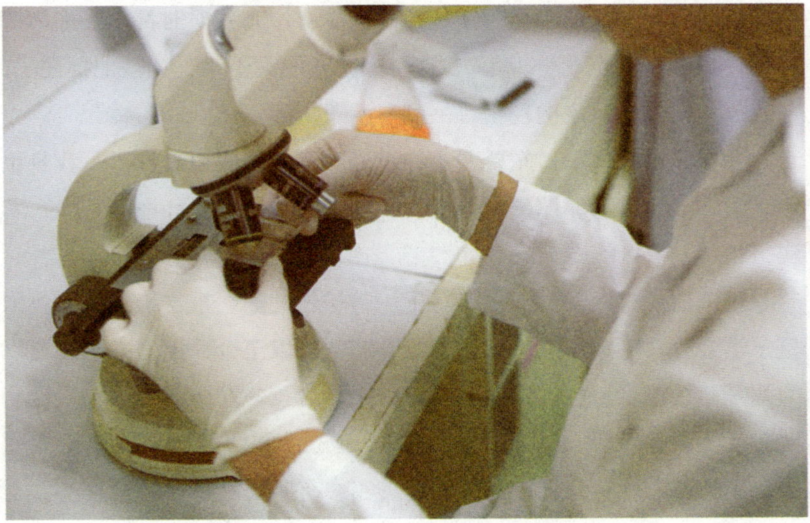

科学先生用显微镜观察细菌

滋味，所以知道得很清楚。

这老头儿，在空闲的时候，便找些小东西，如蚊子的眼睛，苍蝇的脑袋，臭虫的刺，跳蚤的脚，植物的种子，乃至于自己身上的皮屑之类，放在镜头下聚精会神地细看，那时我也杂在里面，有好几番都险些被他看出来了。

但是，不久，我终于被他发现了。

有一天，是雨天吧，我就在一小滴雨水里面游泳，谁想到这一滴雨水，就被他寻去放在显微镜下看了。

他看见了我在水中活动的影子，就惊奇起来，以为我是从天而降的小动物，他看了又看，疯狂似的。

又有一次，他异想天开，把自己的齿垢刮下一点点来细看，这一看非同小可，我的原形都现于他的眼前了。原来我时时都伏在那齿缝里面，想分吃一点“入口货”，这一次是我的大不幸，竟被他捉住了，使我族几千万年以来的秘密，一朝泄漏于人间。

我在显微镜底下，东跳西奔，没处藏身，他眼也看红了，我身也疲乏了，一层大大厚厚的水晶上，映出他那灼灼如火如电的目光，着实可怕。

后来他还将我画影图形，写了一封长长的信，报告给伦敦“英国皇家学会”，不久消息就传遍了全欧洲，所以至今欧洲的人，还有以为我是荷兰籍者。这是错认发现我的地点为我的发祥地。

老实说，我就是这边住住，那边逛逛；飘飘然而来，渺渺然而去，到处是家，行踪无定，因此籍贯实在有些决定不了。

然而我也不以此为憾。鲁迅的阿Q，那种大模大样的乡下人籍贯尚且有些渺茫，何况我这小小的生物，素来不大为人们所注视，又哪里有记载可寻，历史可据呢！

不过，我既是造物主的作品之一，生物中的小玲珑，自然也有个根源，不是无中生有，半空中跳出来的，那么，我的籍贯，也许可从生物的起源这问题上，寻出端绪来吧。但这问题并不是一时所能解决的。

最近，科学家用电子显微镜和科学装备，发现了原始生物化石。在非洲南部距今31亿年前太古代地层中，找到长约0.5微米杆状细菌遗迹，据说这是最古老的细菌化石。那么，我们菌儿祖先确是生物界原始宗亲之一了。这样，我的原籍就有证据可查了。

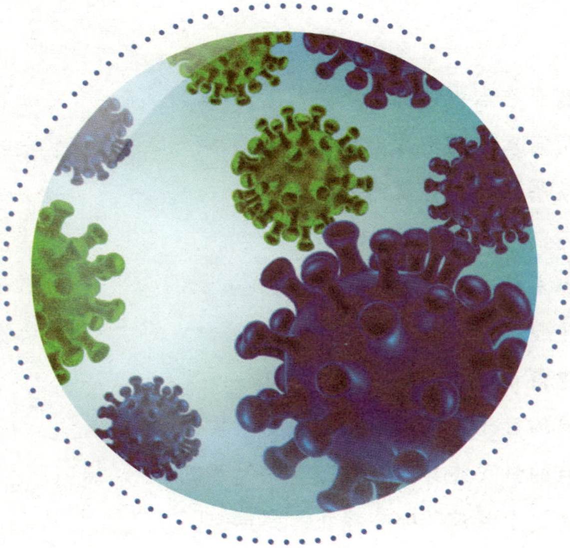

我的家庭生活

我正在水中浮沉，空中飘零，
听着欢腾腾一片生命的呼声，
欢腾腾赞美自然的歌声；
忽然飞起了一阵尘埃，
携着枪箭的人类陡然而来，
生物都如惊弓之鸟四散了。
逃得稍慢的都一一遭难了。
有的做了刀下之鬼；有的受了重伤；
有的做了终身的奴隶；有的饱了饥肠。
大地上遍满了呻吟挣扎的喊声，
一阵阵叫我不忍卒听尖锐的哀鸣。
我看到不平是落荒而走。

我因为短小精悍，容易逃过人眼，就悄悄地度过了好几万载，虽然在 17 世纪的临了，被发觉过一次，幸而当时欧洲的学者，都当我是科学的小玩意儿，只在显微镜上瞪瞪眼，不认真追究我的性状，也就没有什么过不去的事了。

又挨过了 2 个世纪的辰光，法国出了一位怪学究，毫不客气地疑惑我是疾病的元凶，要彻底清查我的罪账。

无奈呀，我终于被囚了！

被囚入那无情的玻璃小塔了！

我看他那满面又粗又长的胡子，真是又惊又恨，自忖，这是我的末日到了。

也许因为我的种子繁多，不易杀尽，也许因为杀尽了我，断了线索，扫不清我的余党；于是他就暂养着我这可怜的薄命，在实验室的玻璃小塔里。

在玻璃小塔里，气候是和暖的，食物是源源的供给，有如许的便利，一向流浪惯的我，也顿时觉着安定了。从初进塔门到如今，足足混了六十余年的光阴，因此这一段的生活，从好处着想，就说是我的家庭生活吧。

家庭生活是和流浪生活对立而言的。

然而，这玻璃小塔于我，仿佛也似笼之于鸟，瓶之于花，是牢狱的家庭，家庭的牢狱，有时竟是坟墓了，真是上了胡子科学先生的当。

虽说上当，毕竟还有一线光明在前面，也许人类和我的误会，就由这里而进于谅解了。

把牢狱当作家庭，
把怨恨消成爱怜，
把误会化为同情，
对付人类只有这办法。

这玻璃小塔，是亮晶晶，透明的，一尘不染，强酸不化，烈火不攻，水泄不通，薄薄的玻璃造成的，只有塔顶那圆圆的天窗，可以通气，又塞满了一口的棉花。

说也奇怪，这塔口的棉花塞，虽有无数细孔，气体可以来往自如，却像《封神榜》里的天罗地网，《三国演义》里的八阵图，任凭我有何等通天的本领，一冲进里面，就绊倒了，迷了路，逃不出去，所以看守我的人，是很放心的。

过惯了户外生活的我，对于实验室中的气温，本来觉着很舒适。但有时刚从人畜的身内游历一番，回来就嫌太冷了。

于是实验室里的人，又特别为我盖了一间暖房，那房中的温度和人的体温一样，门口装有一只按时计温的电表，表针一离了37℃的常轨，看守的人，就来拨拨动动，调理调理，总怕我受冷。

记得有一回，胡子科学先生的一个徒弟，带我下乡去考察，还要将这玻璃小塔，密密地包了，存入内衣的小袋袋，用他的体温，温我的体，总怕我受冷。

科学先生给我预备的食粮，色样众多。大概他们试探我爱吃什么，就配了什么汤，什么膏，如牛心汤，羊脑汤，糖膏，血膏之类。还有一种海草，叫作“琼脂”，是常用做底子的，那我是吃不动，摆着做样子，好看一些罢了。

他们又怕不合我的胃口，加了盐又加了酸，煮了又滤，滤了又煮，消毒了而又消毒，有时还掺入或红或蓝的色料，真是处处周到。

我是著名的吃血的小霸王，但我嫌那生血的气焰太旺，死血的质地太硬，我最爱那半生半熟的血。于是实验室里的大司务，又将那鲜红的血膏，放在不太热的热水里烫，烫成了美丽的巧克力色。这是我最精美的食品。

然而，不料，有一回，他们竟送来了一种又苦又辛的药汤给我吃了。这据说是为了要检查我身体的化学结构而预备的。那药汤是由各

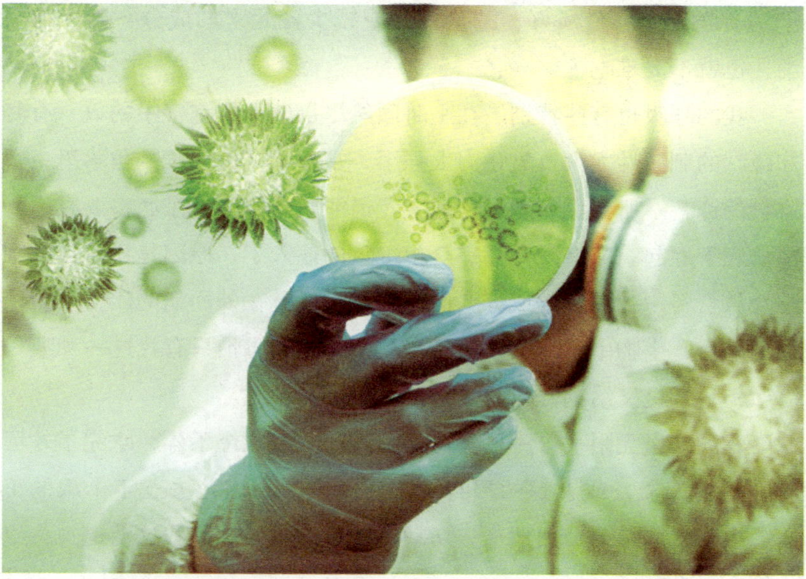

科学先生用培养皿培养细菌

种单纯的，无机和有机的化合物，含有细胞所必需喝的十大元素配合而成。

那十大元素是一切生物细胞的共有物。

碳为主；

氢，氧，氮副之；

钾，钙，镁，铁，又其次；

磷和硫居后。

我的无数种子里面，各有癖好，有的爱吃有机之碳，如蛋白质、淀粉之类；有的爱吃无机之碳，如二氧化碳、碳酸盐之类；有的爱吃阿莫尼亚之氮；有的爱吃亚硝酸盐之氮；有的爱吃硫；有的爱吃铁。

于是科学先生各依所好，酌量增加或减少各元素的成分，因此那药汤，也就不大难吃了。

我的呼吸也有些特别。在平时固然尽量地吸收空气中的氧，有时却嫌它的刺激性太大，氧化力太强了，常常躲在低气压的角落里，暂避它的锋芒。所以黑暗潮湿的地方我最能繁殖，一件东西将要腐烂，都从底下烂起。又有时我竟完全拒绝氧的输入了，原因是我自己的细胞会从食料中抽取氧的成分，而且来得简便，在外面氧的压力下，反而不能活，生物中不需空气而能自力生存的，恐怕只有我这一种吧。

不幸，这又给饲养我的人，添上一件麻烦了。

我的食量无限大，一见了可吃的东西，就吃个不停，吃完了才罢休。一头大象，或大鲸的尸身，若任我吃，不怕花去五年十载的工夫，也要吃得精光。大地上一切动植物的尸体，都是我这清道夫，给收拾干干净净了。

何况这小小玻璃之塔里的食粮，是极有限的。于是又忙了亲爱的科学先生，用白金丝，挑了我，搬来搬去，费去了不少的亮晶晶的玻璃小塔，不少的棉花，不少的汤和膏，三日一换，五日一移，只怕我绝食。

最后，他们想了一条妙计，请我到冰箱里去住了。受冰点的寒气的包围，我的细胞缩成了一小丸，没有消耗，也无须饮食，可经数月的饿而不死。这秘密，几时被他们探出了。

在冰箱里，像是我的冬眠。但这不按四时季节的冬眠，随着他们看守者的高兴，又不是出于我的自愿，他们省了财力，累我受了冻饿，这有些是科学的资本主义者的手段了。

我对于气候寒冷的感觉，和我的年纪也有关系，年纪愈轻愈怕冷，愈老愈不怕，这和人类的体气恰恰相反。

从前胡子科学先生，和他的大徒弟们，都以为我有不老的精神，永生的力量：说我每20分钟，就变做2个，8小时之后，就变成16000000个，24小时之后，也竟有500吨的重量了，岂不是不久就要占满了全地球吗？

现在胡子科学先生已不在人世，他的徒子徒孙对于我的观感，有些不同了。

他们说：我的生活也可以分为少、壮、老三期，这是根据营养的盛衰，生殖的迟速，身材的大小，结构的繁简而定的。

最近，有人提出我的婚姻问题了。我这小小家庭里面，也有夫妻之别，男女之分吧？这问题，难倒了科学先生了。有的说，我在无性的分裂生殖以外，还有有性的交合生殖。他们眼都看花了，意见还都不一致。我也不便直说了。

科学先生的苦心如此，我在他们的娇养之下，无忧无虑，不愁衣食，也“乐不思蜀”了。

但是，他们一翻了脸，要提我去审问，这家庭就宣告破产，而变成牢狱了，唉！

无情的火

我从踏进了玻璃小塔之后，初以为可以安然度日子了。

想不到，从白昼到黑夜又到了白昼，刚刚经过了24小时的拘留，我正吃得饱饱的，懒洋洋地躺在牛肉汁里，由它浸润着；忽然塔身震荡起来，一阵热风冲进塔中，天窗的棉花塞不见了，从屋顶吊下来一条又粗又长，明晃晃的、热烘烘的白金丝，丝端有一圈环子，救生环似的，把我钩到塔外去了。

我真着慌了。我看见那位好生面熟的科学先生，坐在那长长的黑漆的试验桌旁，五六个穿白衫的青年都围着看，一双双眼睛都盯着我。

他放下了玻璃小塔，提起了一片明净的玻璃片，片上已滴了一滴清水，就将右手握着那白金丝上的我，向这一滴水里一送，轻轻地大涂大搅，搅得我的身子乱转。

这一滴水就似是我的大游泳池，一刹那，那池水已自干了。于是我的大难临头了。

我看见那酒精灯上的青光，心里已自兀突兀突地跳了。果然那狠心的科学先生一下子就把我往火焰上穿过了三次，使那冰凉的玻璃片，立时变成热烫热烫的火床了。我身上的油衣都脱化了。烧得我的细胞焦烂，死去活来，终于是晕倒不省“菌”事了。

据说，后来那位先生还洗我以酒，浸我以酸，毒我以碘汁，灌我以色汤，使我披上一层黑紫衣，又披上一件大红衣，都利于检查我的身体，认识我的形态起见，而发明了这些曲曲折折的手续。当时我是热昏了全然不知不觉的，一任他们的摆弄就是了，又有什么法子想呢？

自从此后，每隔一天，乃至一星期，我就要被提出来拷问，来受火的苦刑。

火，无情的火，我一生痛苦的经验，多半都是由于和它碰头。

这又引起我早年的回忆了。

我本是逐着生冷的食物而流浪的。这在谈我的籍贯那一章已说得明明白白了。

在太古蛮荒的时代，人类都是茹毛饮血，茹的是生毛，饮的是冷血。那时口关的检查不太严，食道可以随意放行，我也自由自在无阻无碍地，跟着那些生生冷冷的鹿肉呀羊心呀，到人类的肚肠去了。

自从传说中，前不知第几任的中国帝王，那淘气的燧人氏，那钻木取火的燧人氏，教老百姓吃熟食以来，我的生计问题，曾经发生过一次极大的恐慌。

后来还亏这些老百姓不大认真，炒肉片吧，炒得半生半熟，也满不在乎地吃了。不然就是随随便便地连碗底都没有洗干净就去盛菜，或是留了好几天的菜，味都变了，还舍不得不吃，这就给我一个“走私”“偷运”的好机会了。他们都看不出我仍在碗里活动。

热气腾腾的时候，我固然不敢走近；凉风一拂，我就来了。

虽然，我最得力的助手，还是蝇大爷和蝇大娘。

我从肚肠里出来，就遇着蝇大爷。我紧紧地抱着它的腰，牢牢地握着它的脚。它嗡的一声飞到大菜间里去了。它扑的一下停落在一碗菜的上面，把身子一摇，把我抛下去了。我忍受着菜的热气，欢喜那菜的香味，又有的吃了。

我吃得很惶惑，抬起头来，听见一位牧师在自言自语：

“上帝呀，万有万能的主呵！你创造了亚当和夏娃，又创造了无数鸟兽鱼虫、花草木兰来陪伴他们，服侍他们。你的工作真是繁忙啊！你果真于六天之内都造成了这么多的生物么？你真来得及么？你第七天以后还有新的作品么？……

“近来有些学者对于你怀疑了。怀疑有好些小动物都未必是由你的大手挥成。它们都可以自己从烂东西里，自然而然地产生出来。就如苍蝇、萤火虫、黄蜂、甲虫之流，乃至于小老鼠，都是如此产生。尤其是苍蝇，苍蝇的公子哥儿的确是自然而然地从茅厕坑里跳出来的啊！……”

苍 蝇

我听了暗暗地好笑。

这是17世纪以前的事。那时的人，都还没有看见过苍蝇大娘的蛋，看见了也不知道是什么。

不久之后，在1688年的夏天，有一回，我跟着苍蝇大娘出游，游到了意大利一位生物学先生的书房里。她停落在一张铁纱网的面上，跳来跳去，四处探望。我闻到一阵阵的肉香，不见一块块的肉影。她更着急了，用那一只小脚乱踢，把我踢落到那铁纱网的下边去了。原来肉在这里！

这是这位生物学先生的巧计。防得了苍蝇，却防不了我。小苍蝇虽不见飞进去，而那一锅的肉却依旧酸了烂了。

从此苍蝇的秘密被人类发觉了。为着生计问题，于是我更无孔不钻，无缝不入了。

我也不便屡次高攀苍蝇的贵体，这年头，专靠苍蝇大爷和大娘谋食，是靠不住的呵！于是我也常常在空气中游荡，独自冒险远行以觅食。

有一回，是1745年的秋天吧，我到了爱尔兰，飞进了一位天主教神父的家里。他正在热烈的火焰上烧着一大瓶的羊肉汤，我闻着羊肉气，心怦怦地动。又怕那热气太高，不敢就下手。他煮好了，放在桌上，我刚要凑近，陡然的一下，那瓶口又给他紧紧密密地塞上了木塞子。我四周一看，还有个弯弯的大隙缝，就索性地挤进去了。

初到肉汤的第一刻，我还嫌太热，一会儿就温和而凉爽了。一会儿，忽然又热起来了，那肉汤不停地乱滚，滚了好一个时辰，这才歇息了。我一上一下地翻腾，热得要死，往外一看，吓得我没命，原来那神父又在火焰上烧这瓶子了！烧了约莫快到一个钟头的光景。

我幸而没有烧死，逃过了这火关，就痛快地大吃了一顿，把这一瓶清清的羊肉汤搅混得不成样子了，仿佛是水中的乱云飞絮似的上下浮沉。那阔嘴的神父，看了又看，又挑了一滴放在显微镜下再看，看完之后，就大吹大擂起来了。他说：

“我已经烧尽了这瓶子里的生命，怎么又会变出这许多来了？这显然是微生物会从羊肉汤里自然而然地产生出来的呀！”

我听了又好气又好笑。

这样糊里糊涂地又过了24年。

到了1769年的冬天，从意大利又发出反对这种“自然发生学说”的呼声，这是一位秃头教士的声音。他说：

“那爱尔兰神父的试验不精到，塞没有塞好，烧没有烧透，那木塞子是不中用的，那1个小时是不够用的。要塞，不如密不通风地把瓶口封住了。要烧，就非烧到1小时以上不可。要这样才……”

我听了这话，吃惊不小，叫苦连天。

一则有绝食的恐慌；二则有灭身的惨祸。

这是关于我的起源的大论战。教士与神父怒目；学者和教授切齿。他们起初都不能决定我的出身何处？起家哪里？从不知道或腐或臭的肉啊，菜啊，都是我吃饱了的成绩。他们却瞎说瞎猜，造出许多科学的谣言来，什么“生长力”哪，什么“氧化作用”哪，一大堆的论文，其实那黑暗的主动者就是我，都是我，只有我！

仿佛又像诸葛亮和周瑜定计破曹操似的，这些科学的军师们，一个个的手掌心，都不约而同地写着“火”字。他们都用火来攻我，用火来打破这微生物的谜。

火，无情的火，真害我菌儿死得好苦也！

这乱子一直闹了1个世纪，一直闹到了1864年的春天，这才给那位著名的胡子科学先生的试验，完完全全地解决了。

说起来也话长，这位胡子科学先生真有了不起的本事，真是细菌学军营里的姜子牙。我这里也不便细谈他的故事了。

单说有一天吧。这一天我飘到了他的实验室里了。他的实验室我是常光顾的。这一次却没有被请，而是我独立闲散地飞游而来了。

我看见满桌上排着二三十瓶透明的黄汤，有肉香，有甜味。那每一只的瓶颈，都像鹤儿的颈子一般，细细长长地弯了那么一大弯，又昂起头来。我禁不住地就从一只瓶口扬长地飞进去了。可是，到了瓶颈的半路，碰了玻璃之壁，又滑又腻的壁，费尽气力也爬不上去，真是苦了我，罢了罢了！

那胡子科学先生一天要跑来看几十次，看那瓶子里的黄汤仍是清清明明的，阳光把窗影射在上面，显得十二分可爱，他脸容上现出一阵一阵的微笑。

这一着，他可把“自然发生说”的饭碗，完全打翻了。为的是我不得到里面去偷吃，那肉汤，无论什么汤，就不会坏，永远都不会坏了。

于是，他疯狂似的，携着几十瓶的肉汤，到处寻我，到巴黎的大街上，到乡村的田地上，到天文台屋顶的空房里，到黑暗的地窖里，到了瑞士，爬上阿尔卑斯山的最高峰去寻我。他发现空气愈稀薄，灰尘愈少，我也愈稀，愈难寻。

寻我也罢，我不怪他。只恨他又拿我去放在瓶子里烧。最恨他烧我又一定要烧到110℃以上，120℃以上，乃至170℃；用高压力来烧我，用干热来烧我，烧到了1个钟头还不肯止呢！

火，无情的火，是我最惨痛的回忆啊！

现在胡子科学先生虽已不见了，而我却被囚在这玻璃小塔里，历万劫而难逃，那塔顶的棉花网，就是他所想出的倒霉的法子。至于火

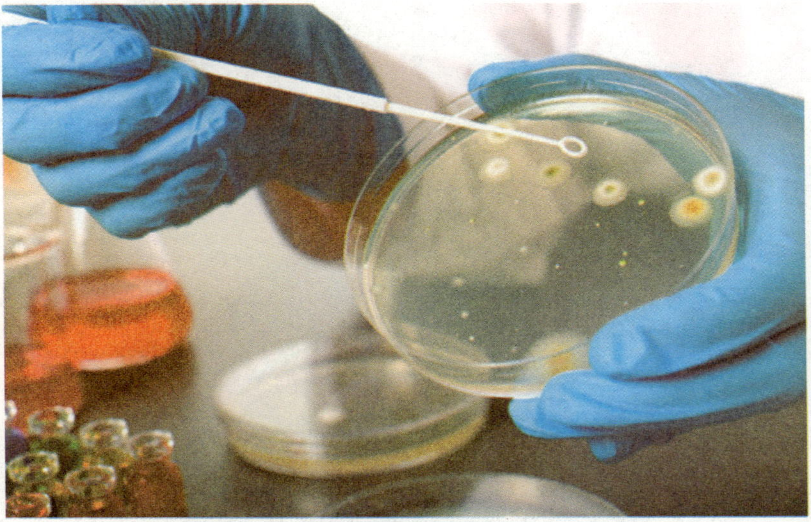

科学先生将细菌孤立

的势力，哎哟！真是大大地蔓延起来了。

火，无情的火、实验室的火、医院的火、检疫处的火，到处都起了火了。果真能灭亡了我吗？那至多也不过像秦始皇焚书一般似的。

我的儿孙布满陆地、大海，与天空。

毁灭了大地，毁灭了万物，才能毁灭我的菌群！

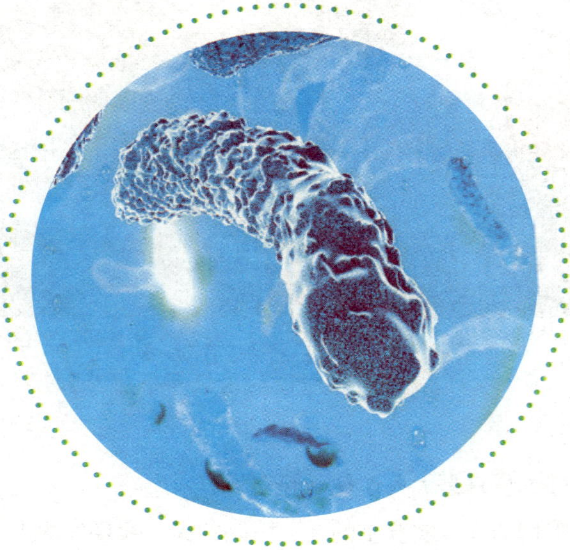

水国纪游

实验室的火要烧焦了我，快了。

渴望着水来救济，期待着水来浸洗，我真做了庄周所谓“涸辙之鲋”了。

无情的火处处致我灼伤，有情的水杯杯使我留恋。世间唯水最多情！这使中国深受水患所扰的灾民听了，有些不同意吗？

“你看那滔天大水，使我们的田舍荡尽，水哪里还有情？！”

这是因为从大禹以来，中国就没有个能治水的人，顺着水性去治，把江河泛滥的问题，一劳永逸地解决了。

中国的古人曾经写成了一部《水经》[①]，可惜我没有读过；但我料他一定把我这一门，水族里最繁盛的生物，遗漏了。我是深明水性的生物。

水，我似听见你不平的流声，我在昏睡中惊醒！

五月的东风，卷来了一层密密的黑云，遮满了太平洋的天空。

我听见黄河的吼声、扬子江的怒声、珠江的喊声，齐奔大海，击破那翻天的白浪。

这万千的水声，洪大，悲壮，激昂，打动了我微弱的胞心，鼓起了我疲惫的鞭毛。陡然地增长了我斗生的精神。

水，我对于你，有遥久深远的感情，我原是水国的居民。

① 书名，汉桑钦编撰。但证以书中地理，编撰者实为三国时人。

水，你是光荣的血露，神圣的流体！

耶稣基督据说也曾受过你的洗礼。

地面上的万物都要被你所冲洗。

水，我爱你的浊，也爱你的清。

清水里，氧气充足，我虽饿肚皮，却能延长寿命。

浊水里，有那丰富的有机物，供我尽情地受用。

气候暖，腐物多，我就很快地繁殖。

气候冷，腐物少，也能安然地度日。

气候热，腐物不足，我吃得太快，那生命就很短促了。

水，什么水？是雨水。把我从飞雾浮尘，带到了山洪，溪涧，河流，沟壑。浮尘愈多，大雨一过，下界的水愈遍满了我的行踪。

我记起了阿比西尼亚[①]雨季的滂沱。法西斯头子墨索里尼纵使并吞了阿国，也消灭不了那滂沱，更止不住我从土壤冲进了江河。

雨季连绵下去，雨水已经澄清了天空，扫净了大地，低洼处的我，虽不会再加多，有时反而被那后降的纯洁的雨水逐散了，然而大江小河，这时已浩浩荡荡满载着我，这将给饮食不慎的人群以相当的不安啊！

水，什么水？是雪水。我曾听到胡子科学先生得意洋洋地说过，山巅的积雪里寻不见我。我当然不到那寂寞荒凉的高峰去过活，但将化未化的美雪，仍然是我冬眠的好地方。

雪花飞舞的时候，碰见了不少的灰尘，我又早已伏在灰尘身上了。瑞典的京城，地处寒带而多山，日常饮用的水，都取自高出海面160米的一只大湖。平时湖水还干净，阳春一发，雪块融化，拖泥带土而下，卫生当局派员来验，说一声“不好了！”我想，这又是因为

① 阿比西尼亚即现在北非的埃塞俄比亚。

我的活动吧！

水，什么水？是浅水，是山泽，池沼，及一切低地的蓄水。最深不到5尺[1]，又那么静寂，不大流动。我偶尔随着垃圾堆进去，但那儿我是不大高兴住久的。那儿是蚊大爷的娘家，却未必是我的安乐窝。

尤其是在大夏天，太阳的烈焰照耀得我全身发昏。我最怕的是那太阳中的“紫外光”，残酷的杀菌者。深不到5尺的死水，真是使我叫苦，没处躲身了。5尺以外的深水才可以暂避它的光芒。最好上面还挡着一层污物，挡住那太阳！

我又不喜那带点酸味的山泽的水，从瀑布冲来了山林间的腐木烂叶，浸成了木酸叶酸，太含有刺激性了。

如果这些浅水里，含有水鸟鱼鳖的腥气，人粪兽污的臭味，那又是我所欢迎的了。

水，什么水？是江河的水。江河的水满载着我的粮船，也满载着我的家眷。印度的恒河就是一条著名的“霍乱”河；法国的罗尼河也曾是一条著名的“伤寒”河；德国的易北河又是一条历史的“霍乱”河；美国的伊利诺河又是一条过去的“伤寒”河。“霍乱”和“伤寒”，还有“痢疾”，是世界驰名的水疫，是由我的部下和人类暗斗而发生。这其间，自有一段恶因果，这里且按下不表。

中国的江河，自然也不退班。大的不说，单说上海那一条乌七八糟的苏州河，年年春天夏天的时候，我天天率着眷属在那河水里洗澡，你们自己没有觉察罢了。

有人说：江河的水能自清。这是诅咒我的话意。不是骂我早点饿死，就是讥笑我要在河里自杀。我不自尽江河的水怎么会清呢？

① 1米=3尺。

然而，在那样肥美的河肠江心里游来游去，好不快活，我又怎肯无端自杀，更何至于白白地饿死。

然而，毕竟河水是自清了。美国芝加哥大学有一位白发斑斑的老教授，曾在那高高的讲台上说过：当他在三十许壮年的时候，初从巴黎游学回来，对于我极感兴趣，曾沿着伊利诺河的河边，检查我菌儿的行动。他在上游看见我是那样的神气，是那样的热闹，几乎每一滴河水里都围着一大群。到了下游，就渐渐地稀少了。到了欧他奥的桥边，我更没有精神了。他当时心下细思量，这真奇怪，这河里的微生物是怎样地没落去呢？难道河水自己能杀菌吗？

河水于我，本有恩无仇。无奈河水里常常伏着两种坏东西，在威胁我的生存。它们也是微生物。我看它们是微生物界的捣乱分子，专门和我做对头。

一种比我大些儿，它们是动物界里的小弟弟。科学先生叫它们“原虫”，恭维它们做虫的“原始宗亲”。我看它们倒是污水烂泥里的流氓强盗。最讨厌的是那鞭毛体的原虫。它的鞭毛，比我的又粗又大，也活动得厉害，只要那么一卷，便把我一口吞吃而消化了。

它的家庭建筑在我的坟墓上，我恨不恨！

一种比我还要小几千百倍，很自由地钻进我身子里，去胀破我那已经很紧的细胞，因此科学先生就唤它作“噬菌体”。你看它的名字就已明白是和我作对。它真是小鬼中的小鬼！

水，什么水？是湖水。静静的，平平的，明净如镜，树影蹲在那儿，白天为太阳哥拂尘，晚上给月姐儿洗面，没有船儿去搅它，没有风儿去动它，绝不起波纹。在这当儿，我也知道湖上没有什么好买卖，也就悄悄地沉到湖底归隐去了。

这时候，科学先生，在湖面寻不着我，在湖心也寻不出我，于是

他又夸奖那停着不动的湖水有自清的能力呀。

可是，游人一至，游船一开，在酣歌醉舞中，瓜皮与果壳乱抛，在载言载笑间，鼻涕和痰花四溅，那湖水的情形又不同了。

水，什么水？是泉水，是自流井的水，是地心喷出来的水。那水才是清。那儿我是不易走得近的。那儿有无数的石子沙砾绊住我的鞭毛，牵着我的荚膜不放行。这一条是水国里最难通行的险路，有时我还冒着险前冲，但都半途落荒了。

水，什么水？是海水。这是又咸又苦著名的盐水。咸鱼、咸肉、咸蛋、咸菜，凡是咸过了七分的东西，我就有些不肯吃，最适合我胃口的咸度，莫如血、泪、汗、尿，那些人身的水流，如今这海水是纯

水中的细菌

盐的苦水，我又怎样愿意喝？

不过，海底还是我的第一故乡，那儿有我的亲戚故旧，我曾受着海水几千万年的浸润。现在虽飘游四方，偶尔回到老家，对于故乡的风味，虽然咸了些，也有些流连不忍即去吧。

我在水里有时会发光。所以在海上行船的人，在黑夜里，不时望见那一望无阻的海面，放出一闪一闪的磷光，那里面也夹着一星一星我的微光。

我自从别了雨水以来，一路上弯弯曲曲，看见了不少的风光人物：不忍看那残花落叶在水中荡漾，又好笑那一群喜鸭在鼓掌大唱，不忍听那灾民的叫爹叫娘，又叹息那诗人的投江！

五月的东风，
吹来一片乌云，
遮满太平洋的天空。
我到了大海，
观着江口河口的汹涌澎湃。
涌起了中国的怒潮！！
冲倒了对岸的狂流！
击破了那翻天的白浪！
洗清了人类的大恨！
……

看到这里，我想，那些大人们争权夺利的大厮杀，和我这微生物小子有什么相干呢？

生计问题

游完了水国，我躺在海洋上，听那波涛的荡漾。仰看白云在飘游，我羡慕着它们的自由。

在海天一色的包围中，海风吹起浪花溅，浪花呵！他无力送我上云霄。那海水又太咸了，不中吃。我真觉着有些苦闷了。

我只得期待着鱼儿，它会鼓着腮儿来吞我。鱼儿要被渔夫捕，我伏在鱼腹里，就有再到岸上的机缘了。到了岸上，我的生活就不致发生恐慌了。

我打算在厨子先生洗鱼肚的时候，我可以一溜就溜到垃圾桶里去。在垃圾桶里，我跟生物社会的接触一多，谋食更不难了。

不幸而溜不过去，那就有混在生鱼粥里，到广东人口中的希望了。总之，我先在那半生半熟的鱼身里偷活，再到那半臭半腥的人肚里寄生罢了。然而，我终于又厌倦了胃肠里的沉闷的生活，痛快地随着大便而出来了。

经过曲曲折折的途径，不久，我和我的家人亲友又都回到土壤的老家团聚。

这里我得补叙一下，在未到岸上之前，那海鱼肚子里的环境，于我有时是不利的，它的消化力是太强了。

于是，我又曾趁着潮水的高涨，回到河肠江心，去央求淡水的鱼，顺便又疏通了螃蟹虾蛤蚌螺之类人类所爱吃的水中生物，请它们帮忙提拔。它们也都答应了。当中，蚝似乎和我最有交情。它在污水里每小时一收一放的水量，竟有 2 升之多。我也就混在那污水里进去，它的螺壳就成为我临时的住宅了。

据说，岸上有很多人，因吃了没有煮熟的蚝，都得了伤寒病啦。那科学先生就又怪我了，说什么蚝之类的生物还是我暗杀人类的秘密机关呢。这我以后当然要申辩的，这里不便多啰嗦了。

且说，我既从水国回到了土乡，天天又望见那时放异彩的浮云，好不逍遥自在，我渴望着和它交游。但那时地上仍是很湿，连我身上的鞭毛，都被泥土所黏，鼓舞不起来，更何能高飞远扬呢？虽有时攀着苍蝇的毛腿出游，那它又是低着头飞，至多也飞不上半里路，就停下来一脚把我踢落在地上了。虽然在地上我是不愁衣食的。

然而我对于天空的幻想，又使我希望秋之来临了。那时天高气爽，尤其是在中国故都的北平[①]，和美国中部第一大城密执安湖畔的芝加哥，这两个著名的“灰尘的都市”，一到了秋冬，就刮大风，将沙尘卷入天空，那时我就骑在沙尘身上而高翔了。风力益健，我竟直飘上青天 4000 米以上，那固然是罕有的事，我也真可以傲飞鸟而笑白云了。

记得 19 世纪初期，英国的年轻诗人雪莱，曾唱着《西风之歌》，他愿意做一瓣浪花，一张落叶，一朵白云，躺在西风里任它飘荡去，把他一切的思想、情感、希望都寄托着西风去散播了。我想，我这一次得上青天驾白云，也该感谢风爷的神力呵。

我正在这样想，忽然记起了一件伤心惨目的往事。那就是世界各地的旱灾。

旱灾一来，全生物界都起了恐慌。那时大地涨红了脸，甚至于破

① 北京 1936 年时称北平。

裂，生物焦的焦死，饿的饿死，看不见点绿滴青，看见的尽是枯干瘦木，那原因半由于暴日的肆虐，半由于风爷的发狂。

那风爷也太发狂了，云和雨都被它吹散了，在大旱期间，连西风也不怀好意了。

前几年，我也曾亲见过中国西北那延绵三四年的旱灾，那时狂风忽然吹起漫天的尘沙，天地发昏，在烈日和饥渴的煎迫之下，成千成万的人死了。

有的人还以为地面上堆着这许多的尸体腐物，是我口福的大造化，我可以乘风四游，到处得食了。哪里知道当这大旱临头，我也万分的焦急，我虽有坚实的芽孢，可以在空气中苟延性命，也经不起热与干长期的压迫。地上的干粮虽堆积如山，没有一些儿水汽的浸润，我是吃不动的呀。君不见大沙漠中，哪有我的影踪。

我爱的是湿风，我怕的是热风。

我的小身子又是那样轻飘，我那一粒单细胞还不及一千兆分之一克重。我既上升，就不易下降，终日飘在天空。只有雨雪霜露方能使我再落尘间。罢了，罢了，在大旱天我是受着风爷的欺骗了。

我凄凉地度过了冰雪的冬天，到了春风和畅的季节，下界雨量充足，草木茂盛，虫鸟交鸣，生物都欣欣然有喜色。那时，我早已暗恨着天空的贫乏，白云的无聊，思恋着地上的丰饶。于是那善变的风爷又改换了方向来招我下凡了。

我别了白云，下了高山，随着风爷到农村。农村上遍地花红叶绿，我逢花采花，逢叶摘叶，凡是吃得动的植物，无所不吃。这也是因为植物间的气候，植物的体温，和当时空气的温度相去不远，我又新从天空来的，当然先以它们的身上为合宜的寄食之所了。

我尤喜那似胶似漆富有黏液的果皮瓜皮，那潮湿而有皱痕的菜叶

手上的细菌

菜管，它们都是我的天然宿舍旅馆。我的家人亲朋成亿成兆地在这儿过活。

据美国农业部化学局最近的调查，他们代我估计一下，在那含有铁质最高的蒲菜身上，每一克重的分量里面，就有我“菌儿”25万在迅速地生殖着。这不是一个很惊人的数目么！

我随着风爷而飘游，走遍了六大洲，世界的农村都到过了。小的植物不用说，那我是都光顾到了的。就是抵抗力强盛的大松大柏，它们的风味，我也一一都领略过了。算得出的，在有花植物之部，我曾吃过了66科，150目。在隐花植物之部，就记不清了。

不过，植物之遭我暗算，人类是从来不知道的，以为是它们自己内部的溃烂，或专去骂昆虫那些小妖物的恶作剧。

谁知道，有一回，我在法国南部的田园里，大啖葡萄的时候，又被那位多疑的胡子科学先生发觉了。从此他的徒弟徒侄们，就加紧地研究我和植物种种不正常的关系，宣布了我的罪状。于是农民们就痛恨我，说我太不讲情理了，破坏他们的农作物，用药用火，千方百计来歼灭我。这真是冤枉。我也是为着生计问题所迫而来呀！吃的都是大自然所分赠的食物呀！它们又没有注定给人类，这生物的特殊阶级，单独的享用呀！

我在生物界中要算是最不安定的分子了。四方飘游，到处奔流，无非为着自由而努力，为着生活而奋斗。浮大海，吃不惯海水的咸味；居人肚，闷不过小肠的束缚；返土壤，受不住地方的限制；飘上天空，又嫌那天空太空虚了。历尽水旱的苦辛，结识了鱼儿和风爷，最后到了农村，那儿食粮充足，行动比较的自由，我自认为是乐土了。难料那自私自利的人类，忽来从中作梗，从此我将永远不得安宁了，唉！

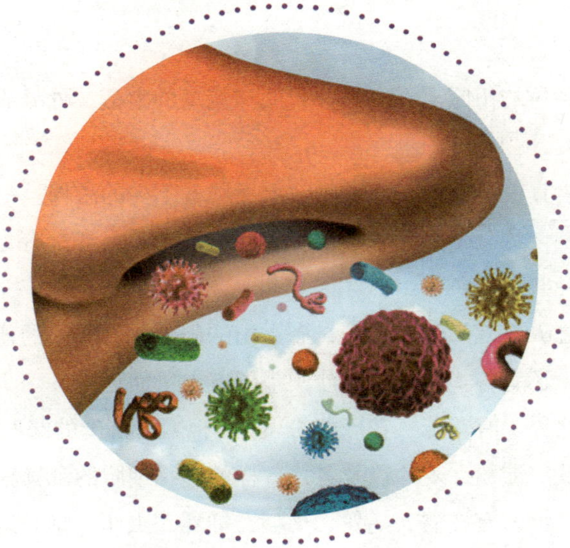

呼吸道的探险

我在乡村的田园上，仍然过着颠沛流离的生活，处处靠着灰尘的提携。

那灰尘真像是我的航空母舰，上面载着不少的游伴。

这些游伴的分子也太复杂了。矿、植、动三大界都有，连我菌物也在内，一共是四色了。

矿物之界，有煤烟的炭灰，有火山的破片，有海浪的盐花，有陨星的碎粒，还有各式矿石的散沙，都随着大风而远扬。

植物之界，有花蕊、花球的纷飞；有棉絮、柳丝的飘舞；有种子、芽孢、苔藻、淀粉、麦片以及各式各样的植物细胞的乱奔狂跌。

动物之界，有皮屑、毛发、鸟羽、蝉翼、虫卵、蛹壳以及动物身上一切破碎零星的组织的东颠西扑。

菌物之界，有一丝一丝的霉菌，有圆胖圆胖的酵母，在空中荡来荡去。最后就是我菌儿这一群了。

这是灰尘的大观。这之间以我族最为活跃。我在灰尘中，算是身子最轻，我活动的范围也最广了。

这些风尘仆仆中的杂色分子，又像是一群流浪儿、一群迷途的羔羊呵。

我紧牵着这一群流浪儿的手，在天空中奔逐，到处横冲直撞，不顾一切利害。

记得有一回，还是在洪荒时代吧，我正在黑夜的森林中飞游，忽然碰了一个响壁，原来是蝙蝠的鼻子。我在暗中摸索，堕进了它鼻孔的深渊，觉得很柔滑很温暖。但不久，被它强有力的呼吸一喷，就打了几个筋斗出来了。

后来，我冲进它的鼻孔里去的机会愈来愈多了。然而，它这一类动物，呼吸道的抵抗力颇强，颇不容易攻陷，它的“扁桃腺”也发育得不大完全。

“扁桃腺”这东西是“淋巴组织”的结合，淋巴腺之一大种。在腭部有腭扁桃腺，在咽喉间有咽扁桃腺，在小脑上有小脑扁桃腺。如此之类的扁桃腺，自我闯入动物体内之后，都曾一一碰到了。

动物体内之有“淋巴组织”是含有抵抗作用的。淋巴细胞也就是抗敌的细胞，是白血球之一种。所以淋巴这草黄色的流液，实富有排除外物的力量呀，我往往为它所驱逐而逃亡。

那么，扁桃腺就是淋巴组织最高的建筑物，就是动物身内抗菌的大堡垒了。当我初从鼻孔或口腔进到舌上喉间的时候，真是望之而生畏。

后来走熟了这两条路，看出了扁桃腺的破绽与弱点。原来它的里外虽有很多抗敌的细胞把守，而它的四周空隙深凹之处可真不少，那里的空气甚不流通，来来往往的食货污物又好在此地集中，留下不少的渣滓，反而成为我藏身避难的好所在了。

我就在这儿养精蓄锐，到了有机可乘时，一战而占领了扁桃腺，作为攻身的根据地了。于是那动物就发生了扁桃腺炎了。

这在人类就非常着急！认为扁桃腺在人身上有反动的阴谋，和盲肠是一流的下贱东西，无用而有害，非早点割弃它不可。

其实人身的扁桃腺及其他淋巴腺愈发达，尤其是呼吸道的淋巴腺愈发达，愈足以表现出人菌战争之烈。

人若得胜，淋巴腺则是防菌的堡垒，我若得胜，这堡垒则变成为我的势力区了。

淋巴腺，在动物的进化过程中，还是比较新的东西。这是由于我的长期侵略，它们的积极抵抗，相持既久，它们体内就突然发生了这种防身的组织。

我生平对于冷血动物，素以冷眼看待，不似对于热血动物那般的热情，所以我在它们体内游历的时候，也没有见过有什么淋巴腺、扁桃腺之类的组织，这是因为我很少侵略它们的内部器官，我不过常拿它们的躯壳，当作过渡时期的驻屯所罢了。有时还利用它们作为我投奔高等动物身内的天梯或桥梁哩。这之间，就以昆虫之类最肯帮我的忙，尤以苍蝇、蚊子、臭虫、跳蚤、身虱、八角虱之流，这些人类所深恶的东西，更极其喜欢和我密切地合作，这是后话。不过，我如想从鼻孔进攻人兽之身，那还须靠灰尘的牵引。

我曾经游遍了普天下动物的身体，只见到鸟类和哺乳类才有淋巴腺、扁桃腺之类的抗敌组织，而以哺乳类的淋巴腺为最发达。到了人，这淋巴腺的交通网更繁密了。人原是可以得很多病的动物呵。淋巴腺在进化途中实是传染病的一种纪念碑呵。

高空的飞鸟绝不会得肺痨病，它们是常吸新鲜的空气，它们的呼吸道里我是不大容易驻足的，因此这条道上的淋巴腺也没有它们消化道的肠膜下的淋巴腺那样多。

肺痨病虽有鸟、牛、人之分，而关系鸟的部分受害者也只限于鸡鸭之群，人类篱下的囚徒罢了。于是它们呼吸道里的淋巴腺，是比飞鸟的增加了。

至于蝙蝠这夜游的动物，好在檐下或树林间盘旋飞舞，我自从那

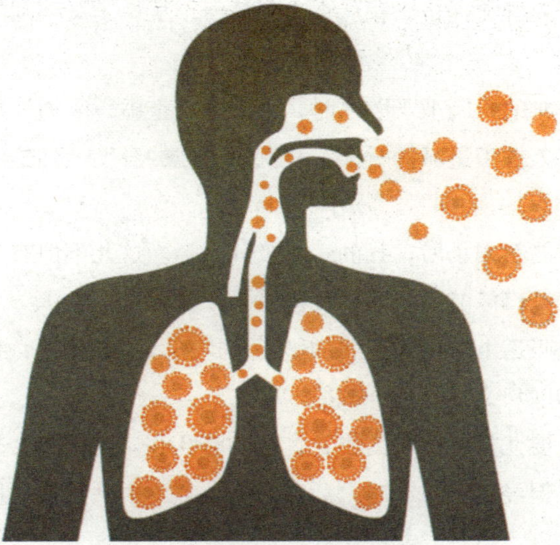

呼吸道感染

一回碰到了它的鼻子之后，就渐渐地熟悉它的呼吸道上的情形。我见它当初也没有什么扁桃腺，后来为了对付我而新添了这件隆起的东西。

由此可见我和动物的呼吸道发生了关系之后，扁桃腺及其他淋巴腺所处地位的崇高而重要了。所以，我在这一章的自传里，特地先记述它们。它们的发生是由于我的刺激，我的行动又以它们为路碑，我和它们的关系是多么密切呵。

我冲进鸟兽和人的鼻孔的机会固然很多，虽然这也要看灰尘的多寡，鸟兽之群及人口的密度如何。

高阔的天空不如山林的草原，农村的广场不如都市的大街，公园不如戏院，贵人的公馆不如十几个人窝在黑暗一间的棚户。总之，人烟愈稠密，人群愈拥挤，我从空中到鼻子，从鼻子又到别的鼻子的机会也愈多了。

我在乡村的田园上飞游之时，生活过于空虚，颇为失意。于是，就趁着乡下人挑担进城的时候，我就附着他的身上，到这浮尘的都市观光来了。

在都市的热闹场所，我的生意极其兴隆。这儿不但有灰尘代我宣扬，还有痰花口沫的飞溅而助我传播了。

从此呼吸道上总少不了我的影子。这条入肺的孔道，我是走得烂熟了。它的门户又是永远开放的。

虽然，婴儿初离母胎的当儿，他的鼻孔和口腔以内，是绝对没有我的踪迹。但经过了数小时之后，我就从空气中一批一批地移民来此垦殖了。

我的移民政策是以呼吸道的形势与生理上的情形来决定的。要看那块地方，气候的寒暖如何，湿度如何，黏膜上有无隙缝深凹之处，氧气的供给是否太多，组织和分泌汁的反应是酸是碱抑是中间性，细胞胞衣上的纤毛，它们的活动力是否太强烈了。须等到这些条件都适合于我的生活需要了，然后这曲折蜿蜒海岸线似的呼吸道，才有我立身插足之地呵！

此外，还有临时发生的事件，也足以助长我的势力。如食货和外物的停积，是加厚了我的食粮；如黏膜受伤而破裂，是便利了我的进攻，更有那不幸的矿工，整天呼吸着矽灰，他的肺瓣是硬化了，变成了矽肺，这矽肺是我所最喜盘踞的地方。我家里那个最不怕干的孩子，人们叫它作“痨病菌”的，便是常在这矽肺上生长繁殖，于是科学先生就说，矽肺乃是肺痨病的一种前因。这是矿工受了工作环境的压迫，没有得到卫生的保障，人必先糟蹋了自己的身体，而后我才有机可乘，这不能专怪我的无情吧。

在十分柔滑而又崎岖不平的呼吸道上，我的行进有时是有如许的顺利，而有时又甚艰险了。因此，我这一群里，有的看呼吸道如“天府之国”，有久居之意；有的又把它当作牢狱似的，一进去就巴不得快快地出来；又有的则认为是临时的旅舍，可以来去无定。这样地，终主人的一生，他的呼吸道上，我的形影是从不会离开的。

这呼吸道又很像一条自由港，灰尘的船只可以随意抛锚。就我历次经验所知，这条曲曲折折的自由港又可分为里中外三大湾。

里湾以肺为界岸，出去就是支气管，而气管，而喉。中湾介于口腔与鼻洞之间，是呼吸道和食道的三岔路口，是入肺入胃必经的要隘，隆肿的扁桃腺就在这里出现，这一湾的地名就叫作“口咽”。“口咽”之上为“鼻咽”，那是外湾的起点了。“鼻咽”之前就是纡曲的鼻洞，分为两道直通于外。

纡曲的鼻洞，我是不大容易居留的，那里时有大风出入，鼻息如雷，有时鼻涕像瀑布一般滚滚而流，冲我出来了。所以在平时，鼻洞里的我大都是新从空气游来的，而且数目也较为不多。我本是风尘的游客，哪配久恋鼻乡呢？何况前面还有森严的鼻毛，挡住我的去路啊！

可是，鼻洞里的气候时时在转变着，寒暖无常，有时会使鼻禁松弛了，我也就不妨冒险一冲，到了鼻咽里来了。

在鼻咽里，我是较易于活动，而能迅速地繁殖着。但，我的繁荣，究竟是受了当地食粮的限制，于是我不得不学成侵略者的手段了。这我也是为着生计所迫，而不能不和鼻咽以内的细胞组织斗争呵！

所以，到了鼻咽以后，我的性格就不似从前在空中时那样的浪漫与无聊，真变成泼辣勇猛多了。

由鼻咽到口咽，一路上准备着厮杀，准备着进攻。我望见那红光满目的扁桃腺，又瞥见那一开一合的大口，送进一闪一闪的光明，光明带来了许多新鲜的空气。我在这歧路上徘徊观望，逡巡不敢前进。久而久之，习惯使我胆壮，我就在口咽的上下，扁桃腺的四周埋伏，等候着乘机起事。所以在人身，我的菌众与种类，除了盲肠的左右以外，要算以咽喉之间为最多了。

我在呼吸道上进攻的目的地，当然是肺。

那儿有吃不尽的血粮，
那儿有最广阔的地场，
肺尖又脆肺瓣又弱，
我可以长期地繁殖着，
但我在未达到肺腑前，
要尝尽千辛万苦；
一越过了软骨的音带，
突然就遇着诸种危害：
四围的细胞会鼓起纤毛来扫荡我，
两旁的黏膜会流出黏液来牵绊我，
喷嚏、咳嗽、说话，与呼吸又来驱逐我，
沿途的淋巴腺满布着白血球突来捕捉我。

我真是无可奈何了。所以在天气好的日子，从咽喉到肺这一条深港是平静无事的，我就偶尔跌进里头去，也没敢多流连呀！

一旦云天变色，气候骤寒，呼吸道上忽然遇着冷风的袭击，我一得了情报，马上就在扁桃腺前，召集所有预伏的菌兵菌将，会师出发，往着肺门进攻。

当那时，全咽喉都震撼了。

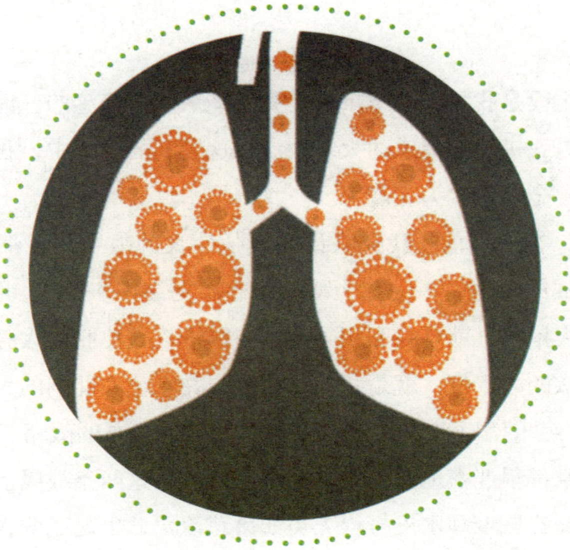

肺港之役

肺港之役是我的优胜纪录，是我生平最值得纪念的一件轰轰烈烈的大事，是我进攻呼吸道的大胜利。在这胜利的过程中，我几乎征服了全人类，全生物界为之震惊。

虽然，在这之前，我还有许多其他伟大的战绩，但都以布置不周，我作战的秘密，一一都为科学先生所揭穿了。如 14 世纪时代横行欧洲的大鼠疫，就是我利用了家鼠与跳蚤攻人皮肤的大胜。如扫荡全世界六次的大水疫，就是我勾结苍蝇与粪水攻人肚肠的大胜。谁知道自 19 世纪末期以来，科学先生发明了抵抗我军的战略，从此卫生先进的国家都很严密地防范我，我哪里再敢从这两条战线上大规模地进攻人类呢？鼠疫和水疫打得人类如落花流水，也是我两番光荣的胜利呵，在以后还要详细地追述，这里不过提一提罢了。

至于肺港之役，是我出奇兵以制胜人类，使聪明的人类摸不着防御我的法门，而甘拜下风呀。

自那位胡子科学先生提出了“抗菌”的口号以来，他的徒弟徒子等相继而起，用着种种奸巧的计策，在各种传染病的病人身上，到处逮捕我。从公元 1874 年，我有一个淘气的孩子，在麻风病人的身上细嚼他的烂皮肉的时候，突然被一位科学先生捕捉了去，此后 25 年之间，欧洲各处实验室里高燃着无情之火，正是捕菌运动最紧张的时期，我的家人亲友被囚入玻璃小塔里的真是不计其数。他们（指实验室里的工作人员）用严刑来拷问我，种种异术来威胁我，灌我以药汤，浸我以酸汁，染我以色料，蒸我以热气，无非要迫我现出原形于显微镜之下。

更有所谓传染病的三原则是一位著名的德国医生所提出的，他们都拿来作为我犯罪的标准。假如，据他们试验观察的结果，我和某种传染病的关系都符合下面所举的三原则，就判定我的罪状，加我以某种传染病的罪名。我菌儿这一群，平时大家都在一起共同生活，有血大家喝，有肉大家吃，不分彼此，不立门户，也不必标新立异的各起名称，大家都是菌儿，都叫作菌儿罢了。这是这一篇自传里我的一贯的主张。而今不幸，多事的科学先生却偏要强将我这一群分门别类，加上许多怪名称，呼唤起来，反而使我觉着怪麻烦的。何况，像我这样多样而又善变的生活方式，若都一一追究出来，我的种类又岂止几千种。这便在命名上不免发生纠纷，成为问题了。

闲话少讲，先谈谈这传染病的三原则吧。

我常听到科学先生说，每一种特殊的传染病，一定都有一种特殊的病菌在作祟，所以他们要认清病菌，寻出正凶，而后才可以下手防御，发出总攻击令，不然则打倒的若不是凶手，凶手却仍在放毒杀人，病仍是不会好的呵。他们似乎又在讲正义了，并不盲目地加害于我的全体。

那么，传染病的凶手是怎样判定的呢？这要看他们如何检查我那个特殊的淘气孩子的行动了。

他们的第一条原则是：要在每一个得了这特殊的传染病的病者身上，捉到我这行凶的孩子，而且它就捕的地点也应该就是行凶的地点。这就是说，若在其他不相干的地方抓到它，而真正的伤口上反而不能寻获，那证据就有些靠不住了。我这一群来来往往在人身做“过客”的很多很多，自然不可以随意指出一个说它是凶手。要在出事的地点常常发现的才是嫌疑犯。

第二条原则是：这凶手要活生生地捉到，并且把它关在玻璃小塔里面，还能养活它，并且还会一代一代地传种传下去，别的菌种都不许混进来，以免有所假冒，以免鱼目混珠，要永远保持那凶手的单独性。若凶手早已死去，或因绝食而自毙，则它的犯罪的情形将何从拷讯？它的真相将何以剖明？

假定凶手是活擒到了，它也能在外界继续地生长，独囚一室，不和异种相混，然而也不能就此判定它是这病的主犯，有时也许是抓错了，也许它不过是帮凶而已，而正凶反而被逃脱。怎么办呢？那就要用第三条原则来决定了。

第三条原则是：动物试验。拿弱小的动物作为牺牲品，把那有嫌疑的菌犯注射进这些小动物的体内去，如果它们也发生同样的病状，那就是这特殊传染病的正凶之铁证，不能再狡赖了。

我在旁听了之后，不禁叹服这位科学先生的神明，他能这样精巧地定计破贼，真是科学公堂上的包拯呵！然而，这使我为着那一批专和人类作对的蛮孩子担心了。

科学先生的狡计虽然是厉害，我攻人的计划几乎一一都为他们所破坏了。但是，强中还有强中手，我家里有三个小英雄，就不为他们的严刑所恫吓，就不受这传染病的三原则所审理。肺港之役，我连战皆捷，就是这三位小英雄安排好的巧计，真是难倒了科学先生，他们至今还没有法子可以破除。

这三位我的小英雄，科学先生已给它们起了传染病的罪名了。

第一名，他们说它是猩红热的正凶，叫它作溶血链球菌。

第二名，他们说它是肺炎的主犯，称它作肺炎双球菌。

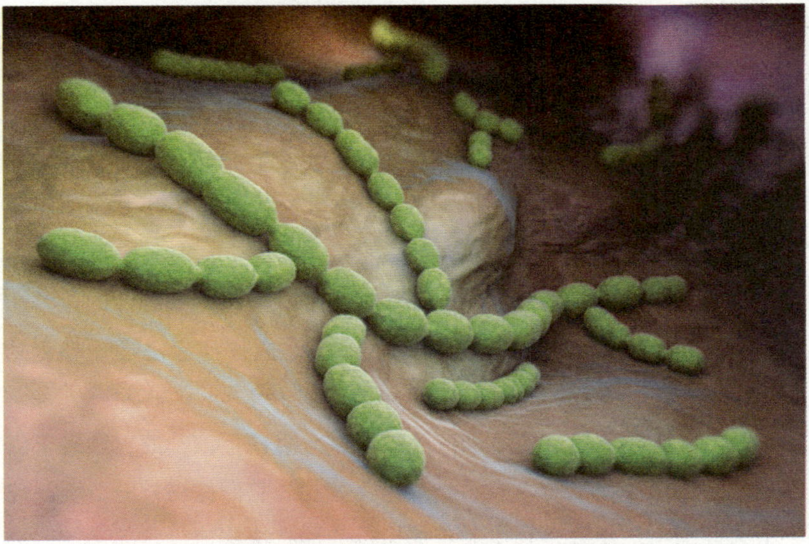

肺炎链球菌

第三名，他们说它是流行性感冒的祸首，唤它作流行性感冒杆菌。

这他们当然是根据传染病的三原则而建议的。然而，我的这三个孩子的行动并不是这么单纯。它们的犯案累累，性质又未必皆相同。如第一名，不仅使人发生猩红热，什么扁桃腺炎、丹毒、产褥热、蜂窝组织炎之类的疾病，也都是由它而起。我这里所谈的肺港之役，就与它有密切的关系。……总之，这三位小英雄在侵略人体时，都是随机应变，它们的生活是多方面的。可见这些科学的命名也免不了有些牵强附会了。我们切不可认真，认真了就有以名害实的危险呵。在我的自传里，提起孩子的名称这还是第一遭，所以特地声明一下。

我这三位小英雄，都是最爱吃血的微生物。为了要吃血，它们奋不顾身地往肺港里冲。它们又恐怕遭敌人的暗算，所以常是前呼后应地结成联合阵线，胜则同进，败则同退，不但白血球应接不暇，就是科学先生前来缉凶的时候也迷惑了，弄不清楚哪一个是真正的凶手呀。

当我在扁桃腺前会师出发，往着肺门进攻的时候，一路上遇到不少的挫折，我的其他孩子们都在半途战死，独有这三位小英雄，在这肺港里横冲直撞，所向无敌。

肺港是一个曲折的深渊，前半段，从咽喉的门户到肺叶的边界，是呼吸道的里湾，肺叶以内分为无数肺泡，这些肺泡便是呼吸道的终点。

我进了肺港之后，若不遇到阻挡，就一直往下滚，滚，滚过了支气管，然后是小支气管，再后是最小支气管。它们像树枝一般渐渐地小下去，渐渐地展开，我也顺着那树枝的形状快快地蔓延起来。一进了肺叶，那管口愈分愈细了。穿过了一段甬道似的肺泡小管，便是空气洞，再进则为空气房，合空气洞与空气房便是一个肺泡。新旧的空气就在这儿交换。所以我在途中前后都有大风，冷风推我前进，热风迫我后退。

在肺泡的壁上，满布着血川的支流。心房如大海，血管似江河，血川就算是微血管的化名了。在这儿，我看见污血和新血的交流，我看见血球在跳跃，血水在汹涌澎湃，我细胞的饿火燃烧起来了。

全肺所有肺泡的面积，胀得满满的时候，约有 90 平方米，这比全皮肤的面积还大了 100 倍。因此在这儿，血川的流域甚广甚长，况且肺泡的墙壁又是那么薄弱，那壁上细胞的纤毛这儿又都已不见了。到了这里，血川是极容易攻陷的，我的吃血是便当的事了。

为了吃血的便当，我这三个爱吃血的孩子就常常深入肺泡，强占肺房，放毒纵兵，轰炸细胞，冲破血管，与白血球恶战，与抗毒体肉搏，闹得人肺发硬作病流血出脓，而演成人身的三大病变——伤风、流行性感冒、支气管肺炎——一次比一次紧张，一回较一回危急。

伤风是我的小胜，流行性感冒是我的大胜，支气管肺炎是我的全胜。

在人生的旅途中，谁个不得过几次或轻或重的伤风呢？在流行性感冒大流行的时期，三人行必有一人被传染，尤其是在1918年至1919年那一次，全世界都发生了流行性感冒的恐慌，我的声势之大真是亘古所未有，几个月之间，人类之被害者，比欧战4年死亡的总数还要多。至于支气管肺炎，那更是人人所难逃免的病劫。人到临终的前夕，他的肺都异常虚弱，我的菌众竞来争食，因而他的最后一次的呼吸，往往是被支气管肺炎所割断了。这可见我在肺港之役的胜利，是一个伟大而普遍的胜利。人类是无可奈何了。

伤风是人类司空见惯的病了，多不以为意。流行性感冒，你们中国人有时叫它作重伤风。那支气管炎也就可以说是伤风达到最严重的阶段了。他们都只怪风爷的不好，空气的腐败，却哪里知道有我，有我这三个在肺港里称霸的孩子在侵害。

我这三个孩子当中，尤以那被称为流行性感冒杆菌的为最英勇。它在肺港之役是我的开路先锋。它先冲进肺泡里，到了血川之旁去散毒。它并不直接杀人，也不到血液里去游泳，而它的毒素不尽地流到血液里，会使人身的抵抗力减弱了。它却留着刽子手的勾当，给我那后来的两个孩子做。

于是，在伤风病人的鼻咽里，科学先生最常发现它；在流行性感冒病人的痰吐里，仍常寻得见它，在支气管炎病人的血脓里，则寻见的不是它，只剩下我那两个孩子——肺炎双球菌和溶血链球菌了。

所以，伤风不会杀人，流行性感冒也不会杀人，然而它们却往往造成了杀人的局势，而把死刑的执行交给支气管肺炎了。

科学先生当初以为我那孩子是流行性感冒唯一的凶手，因此加它以这样一个沉重的罪名。后来因为它的罪证并不完全，在传染病的三原则上很难通过，就减轻了它的罪，判它为流行性感冒的第二凶手，而把第一凶手的嫌疑，疑惑到比我还要小几千百倍的微生物，所谓“超显微镜的生物”①之类的身上了。

科学先生感到这肺港里的三大病变的复杂性了。这使他们的免疫苗的防御不中用，血清的抵抗不见效，预防乏术，治疗亦无法。科学先生也无可奈何了。

自从科学之军崛起，我在其他方面进攻人类都节节败退，独有肺港之役，我获得最大的胜利。这是我那三个小英雄之功。

将来的发展如何，我不知道，但因为我在人身有极重大的经济利益，我始终要求人类承认我在肺港的特殊地位，承认我的侵略权。

肺港里还有其他的纠纷事件，如肺痨、百日咳、大叶肺炎、肺鼠疫，如此之类，以及要封锁港口的白喉，那都因为性质不大同，都不及在此备载了。

---

① 即滤过性病毒。

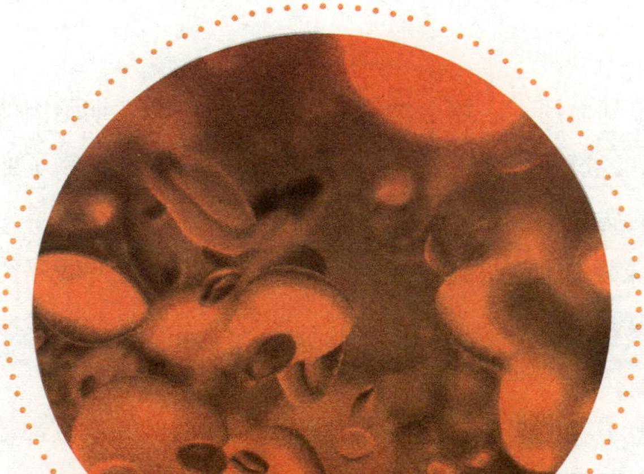

吃血的经验

从血川到血河，一路上冲锋陷阵，小细胞和大细胞肉搏，鞭毛和伪足交战，经过无数次的恶斗，终于是我得胜了，占领了血河，而人得败血症的病死了。

于是科学先生就板起面孔来，在实验室里，大骂我是穷凶极恶的暗杀党，谋害了宝贵的人命，他们一定要替人类复仇，发明新武器来歼灭我。

这不但于我的名声有损，而且连我在生物界的地位都动摇了。这我在这一章里是要述明我的立场哩。

中国的古人不是说过吗:“民以食为天。”我是生物界的公民之一，当然也以食为天，不能例外。

我的生活从来是很艰苦的。我曾在空中流浪过，水中浮沉过，曾冲过了崎岖不平的土壤，穿过了曲折蜿蜒的肚肠，也曾饿在沙漠上，也曾冻在冰雪上，也曾被无情之火烧，也曾被强烈之酸浸，在无数动植物身上借宿求食过，到了极度恐慌的时候，连铁、硫和碳之类的矿盐，也胡乱地拿来充饥，我虽屡受挫折，屡经忧患，仍是不断努力地求生，努力维护我种我族的生存，不屈服，不逗留。勇往直前迈进。我这样地无时无刻不在艰苦生活之中挣扎着。我的生活经验，可以算是比一般生物都丰富得多了。我这样地四方奔走，上下飘舞，都是为着吃的问题没有解决呀!

我想，生物的吃，除了一般植物它们所吃是淡而无味的无机盐而外，其他的如动物界中的各分子及植物界中之有特别嗜好者，它们所吃，就尽是别的生物的细胞。它们不但要吃死去的细胞，还要吃活着的细胞。

吃人家的细胞以养活自己的细胞，这可以说是生物界中的一种惯例吧。于是各生物间攘争掠夺互相残杀的事件，层出不穷了。

我菌儿虽是最弱最小的生物，在生物界中似乎是居最末位的，但我对于吃的问题也不能放松！

我几乎是什么都吃的生物，最低贱的如阿米巴的胞浆，最高贵的如人类的血液，我都曾吃过。我虽是被列入植物界，但我所吃，所爱吃的，绝不像植物所吃的那样淡泊而没有内容。我的吃是复杂而兼普遍，我是最能适应环境的生物。

但是，我因感着外界的空虚、寂寞而荒凉，我的细胞时有焦干冻饿的恐慌，所以特别爱好在动物身上盘桓，尤其是哺乳类的动物，人和兽之群。他们的体温常是那么暖和，他们又能供给我以现成的食料。我在他们的身上，过惯了比较舒适的生活，就老不想离开他们的圈子了。于是我的大部分群众就在这圈子之内无限制地生长繁殖起来了。

人和兽之群，在我看去真是一座一座活动的肉山啊！

我初到人兽身上的时候，看见那肉山上森严地立着疏疏密密的森林似的毛发须眉，又看见散乱地堆着，重重叠叠的乱石似的皮屑。我就随便吃了这些皮屑过活，那时我的生活仍然是很清苦的。

后来我又发现肉山上有一个暗红的山洞，从那山洞进去，便是一个弯弯曲曲无底的深渊，那就是人兽的肚肠。肚肠是我的天堂，那儿有来来往往的食货。我就常常混在里面大吃而特吃。但不幸我在洞里又遇到了一种又酸又辣的液汁，我受不住它的浸洗。所以除了我那些走熟这一条路的孩子们以外，我的大部分的菌众都不能冲过去。这天堂仍是一个特殊阶级的天堂呵！

有一回，人的皮肤上忽像火山一般的爆裂了，流出热腾腾红殷殷的浓液。当时我很惊异这东西是从哪里来的呢？后来我在"肺港"里是见惯了它，它的诱惑力激动了我的食欲和好奇心。我的细胞就往往情不自禁地跳进它的狂流之中去。我尝了它的美味，从此我对于人兽的身体就抱着很大的野心了。

我虽有吃活人活兽之血的野心，然而这并不是轻而易举的事，这也并不是我菌群中全体的欲望。这种侵略人兽的大举有些像帝国主义者的行为，虽然那不过是我族中少数有势有力的少壮细胞所干的事，帝国主义者侵略弱小民族也并不是他们国内全体人民的公意呀。所以你们不要因为我少数的"菌阀"的蛮干，使人类不安，而加罪于我的全体，连我一切有功的事业也都抹杀了。

人类本来都茫然不知道我在暗中的活动，我的黑幕都是给多疑的科学先生所揭穿的。他们老早就疑惑到我和人兽之血的恶关系了。于是他们就时常在人血兽血中寻找我的踪迹。因为在初生的婴孩，他的肠壁的黏膜，还不十分完整与坚实，他们想我到了那里，一定是很容易通行的。又因为在猪牛之类的肌肉和组织里，他们时常发现我。因此他们对于我是更加疑忌了。但是在健康之人的血液里，他们老寻不着我，罪证既不完全，他们就不能决定我会在活血里行凶呀。这是因为在平时血液的防卫很严密，我很不易攻入。我就是偶尔到了活血里面，不久也被血液里的守军杀退了。

血液是那样密密地被包在血管里，围在皮肤和黏膜之内，我要侵入血流中，必先攻陷皮肤和黏膜。所以在平时皮肤的每一角落，黏膜

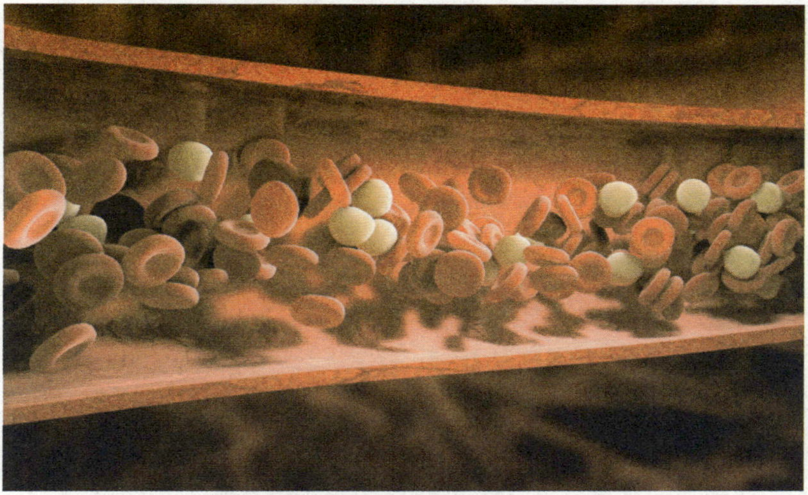

血细胞

的每一处空隙，都满布着我的伏兵，我在那里静候着乘机起事哩。

皮肤和黏膜的面积虽甚广大，处处却都有重兵把守。皮肤是那样坚韧而油滑，没有伤口即不能随便穿过。眼睛的黏膜有眼泪时常在冲洗，眼泪有极强大的杀菌力量，就是把它稀释到四万分之一，我还不敢在那里停留。不这样，你们的眼睛将要天天在发红起肿了。呼吸道的黏膜又有纤毛，会扫荡我出来。胃的黏膜，会流出那酸溜溜的胃汁，来溶化我。尿道和阴户的黏膜也有水流在冲洗，我也不能长久驻足。此外是鼻涕、痰和口津之类也都会杀害我。真是除了汗、尿和人们不大看见的脑脊髓液而外，人和兽之群乃至于一切动物，乃至于有些植物，它们的体内，哪一种流液，哪一种组织，不在严防我的侵略，不有抵抗的力量呀！

至于血，当然了，那是高等动物所共有的最丰富的流体，它的自卫力量更是雄厚了。

血，据科学先生的报告，凡体重在150镑左右的人都有7升的血，昼夜不息，循环不已地在奔流着，在荡漾着，在汹涌澎湃着。血，它是略带碱性的流体，我在血水里闻到了“蛋白质”“糖类”“脂肪”的气味了；我见过了钠的盐、钙的盐的结晶体了；我尝到了“内分泌”和氧的滋味了。

在血的狂流中，我又碰到了各种各样的血球在跳跃着，在滚来滚去地流动着。

我最常遇到的是像车轮似的血球，带点青黄的颜色，它的直径只有7.5微米，它的体积只有2.5微米，它的胞内没有核心，它像一只一只的粮船，满载着蛋白质和脂肪，在我的身旁掠过。我看它那样又肥又美的胞体，我的饿火上冲了。我曾听科学先生说过，它的胞体里还有一种特殊的色料，叫作“血色素”，那是最珍奇的一种食宝。我远远地就闻见了动物的腥味，那就是从这血色素里所放出来的气味吧。我的少壮细胞爱吃人兽之血，目的也就在它的身上吧。

但我在血的狂流中，又遇到了一群没有色素的血球了。它们的胞体内却有了核心。那核心的形状又有好些种。有的核心是满大的，几乎占满了血球的全身；有的核心是肾形的，有的核心的形状是凹凸不平的。它们这一群都是我的老对头，我在血中探险的时候，常受着它们的包围与威胁，它们会伸出伪足来抓我。

我又看到了一种卵形无色的小细胞，它有凝结血液的力量，我常被它绑住了。有人说它是白血球的分解体，叫它作“血小板”。

还有一种一半是蛋白质，一半是脂肪的有色的细粒，科学先生叫它作“血尘”，大约它们就是死去的红血球的后身吧。

此外，更奇怪的就是，我在血流中奔波的时候，我的细胞常中途而死，不知是中了谁的暗算，这我在后来才知道是所谓“抗体”之类无形的东西在和我作对呀。

血液是我所爱吃的，而血管的防卫是那么周密，红血球是我所爱吃的，而白血球的武力是那么可怕，每 600 粒红血球就有 1 粒白血球在巡逻着，保卫着它们！在这种情势之下，我有什么法子去抢它们来吃呢？我的经验指示我了：

第一要看天时。在天气转变的时候，人兽的身体骤然遇冷，他们皮肤和呼吸道的黏膜都瑟瑟缩缩地发抖起来，微血管里的血液突然退却，在这时候我的行军是较顺利的。或是外界的空气很潮湿，很温暖，我虽未攻入人体的内部，也能到处繁殖，所以在热带的区域，在人兽的皮肤上，常有疔疮疖子之类的东西出现，那都是我驻兵的营地呀。

第二要看地利。皮肤一旦受了刀伤枪伤而破裂，我就从这伤口冲入。有时人的皮肤偶为小小的针尖所刺，不知不觉地过了数小时之后，忽然作痛起来，一条红线沿着那作痛的地方上升，接着全身就发烧了，这就是我的先锋队已从这刺破的小孔进攻，而节节得胜了呀。

然而在抵抗力强盛的身体，这是不常有的事。在平时我一冲进皮肤或黏膜以内，血液就如风起潮涌一般狂奔而来，涌来了无数的白血球，把我围剿了。这就是动物身体发炎的现象，发炎是它们的一种伟大的抵抗力量呵！

但是在身体虚弱的人，他们的抵抗力是很薄弱的，发炎的力量不足以应付危机。于是我就迅速地在人身的组织里繁殖起来了，更利用了血管的交通，顺着血水的奔流，冲到人身别的部分去了。有时千回百转的小肠大肠，会因食物的阻塞，外力的压迫，而突然破裂，那时伏在肠腔里的我就趁势冲进腹膜里去，又由淋巴腺而淋巴管而辗转流到血的狂流中去。这是我由肠壁的黏膜而入于血的捷径。

我又有时在外物与腐体的掩护之下，攻入血中。我伏在外物或腐体里，白血球和其他的抗菌分子就不能直接和我作战了。例如在人类不知消毒的时代，产妇的死亡率很高，那就是因为我伏在产妇身上横行无忌的缘故。

第三要看我的群力。我的进攻人身的内部，必须利用菌众的力量，单靠着一粒一粒孤军无援的细胞作战，是不济事的。我必须用大队的兵马来进攻。例如人得伤寒之病，是因为他所吃的食物里，早就有我的菌众伏在那里繁殖了。

第四要看我的战术。我要攻入血管，有时须勾结蚊子、臭虫和身虱之类的吮血虫做我的先驱，做我的桥梁。

第五要看我的武器。我有时又当使用毒素之类凶险的武器。那毒素是屠杀动物细胞最厉害无比的利器。我常伏在人兽之身的一个小角落里施放这毒素。

总之不论用什么法子，从哪一个门户进攻，我的大队兵马一旦冲进了血管里面，占领了血河，在血的狂流中横冲直撞，战胜了白血球，压倒了抗体，解除了血液的武装，把一个一个红血球里的血色素尽量地吃光了，那个人的生命就不保了。

人死后，埋了拉倒，我可在那尸体里大餐大宴，那就是我的菌众庆功论赏的时候了。

不幸，近来殡仪馆的人，得到了消毒的秘诀，常把尸身浸在杀菌的药水里。又不幸，有些地方的民俗常用火葬，把尸体全烧成灰，那真是我的晦气。我不料在完全侵占了人身之后，竟同趋于灭亡，我的全军覆没了。这也许是人类的焦土政策吧！

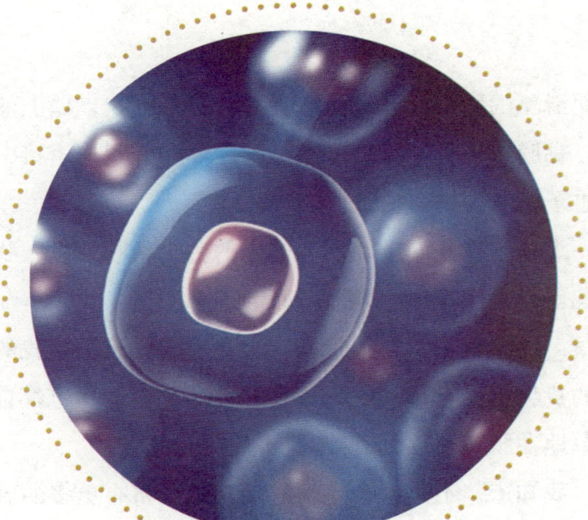

乳峰的回顾

红润而滑腻的肠壁，充满了血腥和乳臭的气味，壁上的黏膜还不十分完整，黏膜里一排一排的上皮细胞还不十分紧连密接，从胃的下口不时流进了一滴滴雪白的乳汁。

这是一个新生婴儿的肠腔。在这样的一个新肠腔里，我是第一个小旅客。我也就是伏在那些乳汁里面混进来的呵。

这时候，肠腔里的情形很荒凉，寂寞的空气笼罩着我的四周，一点儿杂色的货物也没有，就是流进来的乳汁，一忽儿也都自干了，剩下我，孤单地在肠道彷徨着。

虽然，我知道，不久就会热闹起来，不久将有更多的乳汁流进，含有各种不同性质的食物也会源源而来，那时我的远近亲友，微生物界里形形色色的分子，都会争先恐后地齐来垦殖这新开拓的处女地。

然而，在目前这婴儿肠腔里的环境，是那么冷落空虚，孤独的心情压迫着我的核心，使我再也不能忍受下去了。曲折蜿蜒的肠子，又不停地在蠕动着，震荡得我几乎要晕倒在它的黏液中了。

在黏液中，我似梦非梦的在独自思念着，想起了无限缠绵悱恻的往事。

我想起了占领“人山”的经过。自从我那回攻入他的血管以后，我的生活就非常紧张，没有一刻不在战斗中过日子，而且还有与人同归于尽的危险。于是我不得不去另觅出路了。

我在“人山”上爬行，常望见他的胸前有两座圆而高耸的乳峰，遥遥相对着。我初以为它们是和熄灭了的火山一样，极其平静无事的。我抱着好奇的心理到了那峰口去探望。

我就从这峰口进去，一进去便是一间萎缩了的空囊，曾贮藏过什么东西似的。再进就是自来水管似的圆洞，一共有 15 洞至 20 洞之多。愈入愈深，那圆洞也越分越细，最后到了一间最小的空房，便碰了壁，不能再前进了。

我沿途都望见有厚厚薄薄的“结缔组织”，包围着乳洞乳房的墙壁。在那壁上，我又看见有不少的脂肪在填积着。我想，那乳峰之所以会那样肿胖而隆起，大约就是这些结缔组织和脂肪在撑持着吧。可是，有的人山上的乳峰并不怎样高，有时竟萎缩到像平地上的一个小阜而已，那也就是因为脂肪太缺少，结缔组织又都已退化了吧。

我陡然地，又在那些结缔组织里面，发现了神经的支末，发现了动脉和静脉的血管、微血管，以及淋巴管之类的东西在跳动着。我想，神经和血管都派有代表在这儿驻扎，那不久一定就会发生大变动呀。于是我就静伏在乳峰的四周，不时又爬到那峰口里去窥探，打听有什么消息。

许久，许久，一些儿动静也没有。那“人山”却一天比一天长大起来了，山地上涌出的油和汗也加多了，那两座乳峰总是那么沉寂。我失望了。我就离开了这“人山”，又飘到了别的“人山”去视察了。

我这样地辗转流徙，到过了不少的“人山”，登上了不少的乳峰，最后我来到了一座丰满而肥大的“人山”，那山上的乳峰也格外高耸而膨胀，我觉着有些异样，忽然如地震一般，那人山动荡得非常厉害，又如雷响一般，哇的一声，什么东西堕地了。

我惊慌了，我疲乏了，我昏然地跌倒在那散满了油汗的山地上。

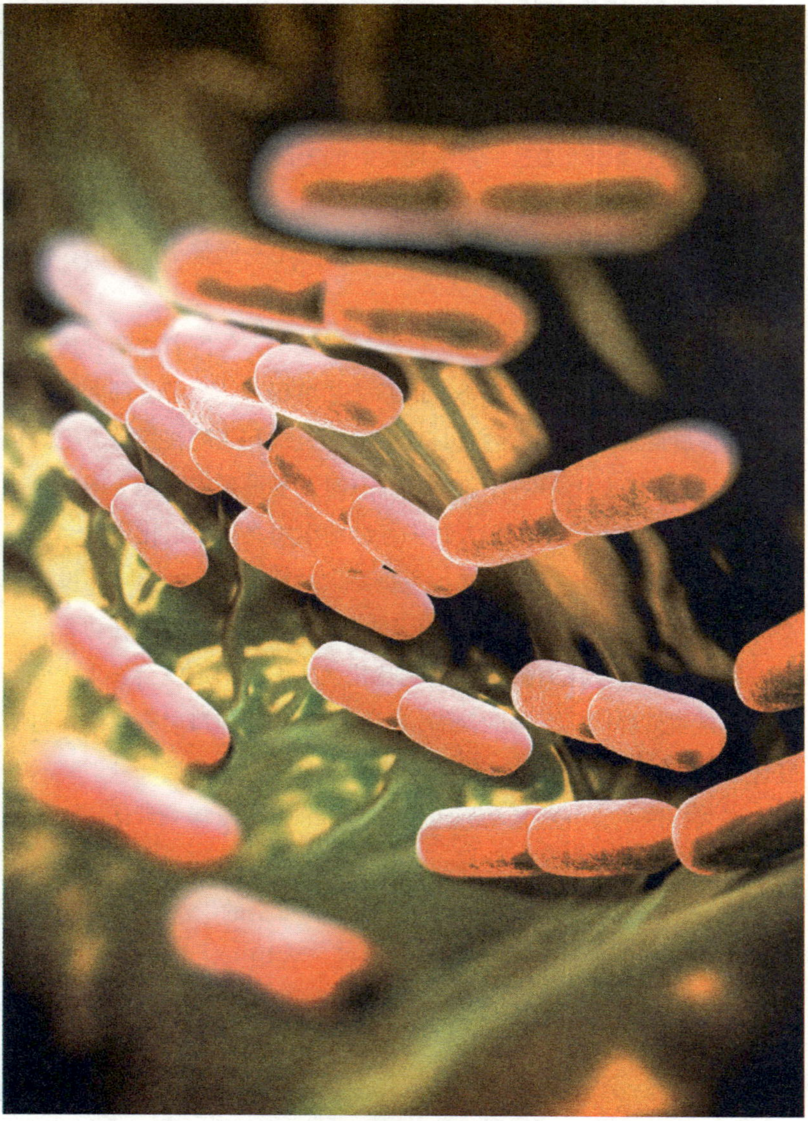

乳酸菌

过了几个时辰，我正懒洋洋地躺在那儿休息，忽然一盆温水似的东西，从上头浇下来，我的细胞浑身都透湿了。我往周围一看，望见像山巅积雪融化了似的，白茫茫的乳汁，从那峰口涌出，滚滚而下。

在那白茫茫的乳汁里，我遇见了不少的小乳球，不少的珍物奇货，都是脂肪、糖、蛋白质之类的好东西，都是我的顶上等的食品，我真喜出望外了。

脂肪之类，有"液脂""软脂""磷脂"，等等，都非常可口。

糖之类，就有那著名的"乳糖"，我所爱吃。

蛋白质之类，有干酪素、乳球蛋白、胆脂素、尿素、肌肉素，等等，都是不可多得的。

此外，还有酵素，还有无机盐，还有其他零星的小东西，如药料、香料，等等，数也数不清了。

有这样多、这样美的食品，装在一颗一颗的小乳球里，在白茫茫的乳汁中荡漾着，我可以大吃特吃了。

我吃过了乳球，觉得它比血球更好吃，而且乳汁里没有白血球在巡逻着，没有抗体在守卫着，虽也有一点杀菌的力量，可是薄弱得很，那我是不必怕的。况且乳汁又不像血液那样密密地包封在血管里面，它终于是要公开地流露在外界的。好了，那我要吃乳球是便当的事了。

然而，真奇怪，这么多的乳球和乳汁是从哪里跑出来的呢？好奇的心理又引我重新爬进那峰口里去探视。

这时候，萎缩的孔囊已经高涨起来了。乳洞乳房里，都涨满了乳汁。结缔组织已经大大地减少了。乳房壁上的细胞，一个个都异常地活跃。我看见有几粒立方形的细胞，正在渐渐地拉长，变成了圆柱形了，在它的一头，一点一点的油点，不停地在涌出。这些油点，积少成多，不久就结成了一颗大得可观的乳球，比我的身子要大了好几倍。这些乳球，又愈聚愈广，出了乳峰之口，就如喷水池一般倾泻而下了。

我记得，当我在血河里抢吃红血球的时候，似乎并未曾遇见过干酪素和乳糖之类的东西。显然地，这些罕见的东西，是乳球所特有，是乳房壁上的细胞自己制造出来的。不但如此，就是乳汁里的脂肪，它的内容，也和血液里的脂肪有些不同；就是乳汁里所含的各种无机盐的成分，和血液里所含的无机盐的成分也不一样。这样看来，在内容上，乳汁比血液是更复杂丰富而精美了。

然而乳汁，在原料上，那无疑地还是仰给于血液，还是红血球代它运送来的。那么，血管与乳房之间是有路可通了。

我在血河里，正苦着没有正当的出路，到了没有法子的时候，也只得随着眼泪、汗汁、尿水、鼻涕、口津、痰之类人们所厌弃的流液而出奔，不然则“人山”一旦崩溃，我将随着它的尸身，又回到我的土壤故乡去了。这是我所不愿意的。

我一生最大的希望、最有野心的企图，就是在征服“人山”，尤其是幼小无力的“人山”，开拓我的新殖民地，使我族可以无限制地繁殖下去。现在我既发现了这乳峰里的秘密，我可以布置新的交通网了。

我可以从血管里冲进乳房，在乳囊里集中，在乳峰口会合出发，一喷就喷到婴儿口里去了。我知道乳汁前途的环境是非常温暖而舒适的，在它的浸润中，我绝不至于冻饿，一到了婴儿的肚肠里，更是饱暖无忧了。

然而，人到底是爱干净的动物，现代人的母亲更加讲究了。在哺乳之前，必有一番清洁的准备，用硼酸水或用酒精来洗刷她的乳峰，在这种消毒力量威胁之下，伏在乳峰四沿的我早已四散逃避了。

然而，我有一群淘气的孩子们会从血管里冲过来，预先和乳汁混在一起，有荚膜的鼓起它们的荚膜，有鞭毛的舞着它们的鞭毛，怒气冲冲地，预备一出去，一踏上婴儿的食道，就大显身手。不幸，这消息已被科学先生所侦察到了。讨厌的科学先生就大肆提倡什么验血验乳的勾当。什么“梅毒反应”，什么“结核菌素反应”之类，都是故意与我为难，禁止我再入婴儿的口，绝我求生之路，我真愤恨极了。

“人山”上的戒备既是这样的严密，我的这一个侵略婴儿的计划，算是失败了，于是我又有占领“牛山”“羊山”上的乳峰作为攻人的根据地的企图。

其实，大如老虎狮子，小如兔儿鼠子，哪一个哺乳类的动物，它的乳峰上没有我的踪迹？正因为牛和羊的乳汁，是被人类夺去了作为日常的饮料，这些乳汁到了人口之前，不知要经过多少的曲折，多少的跋涉，这之间，我就有机可乘，所以我特别喜好在它们的乳峰上盘桓，等候着机会的来临，等候着乳峰的开放。

在“牛山”上的乳峰开放了以后，我的菌众就纷纷地争来求食了。

有的从牛粪里飞上了“牛山”，又由“牛山”辗转而来到了乳峰之下，有的从牧场上的灰尘泥土奔来，有的从摄乳的人的手指、喉咙里、衣服上送来，又有的就预先伏在乳桶、乳锅、乳瓶、乳杯里等候了。从乳峰到人口，凡是乳汁游行所必经之路，一站一站莫不有我的兵队，在黑暗里埋伏着。

乳汁来了，它把乳峰内外四旁的菌众，都冲到乳桶里去了。乳汁是最适合我的胃口的滋补品，于是我的菌众在那儿迅速地繁殖起来了。

所以普通没有消毒过的牛乳，一到了人口，已满载着我的菌众，我的菌数之多，实足以惊人，为卫生家所嫉视，科学先生为了这问题，更担心了。他们曾费了一番苦心来研究。据他们的报告，在一切饮用的流液之中，我的数目，当以牛乳里所含为最多。于是他们就定下了一种检查牛乳的法规，要加我以限制。我吃牛奶而已，与他们有什么相干，难道人可夺母牛之乳而饮，就不许我在奶汁里沾一点光吗？

我到了乳汁里之后，就择所好而吃，牛乳的内容本来也和人乳一样的丰富，不过它的“干酪素”较多，它的乳糖，它的脂肪则较少罢了。

我吃了乳糖，把它化成乳酸，这样含有乳酸气味的酸牛奶，常为欧美人士所喜吃，说是有助于消化，可以治胃肠的病，可见我的生活过程，对于人类，不全是有害，有时还有很大的好处，这酸牛奶的功用便是一个好例子。以后我还要举出许多别的例子来，这里不再唠叨了。

有时我吃了乳糖，不但产酸，而且产气，所产的酸，又不是乳酸，而是带点苦味的醋酸，那牛乳人就不肯吃了。

我在汁中，又会放出两种“酵素”：一种有分解“干酪素”的力量，一种会破散其他的蛋白质。那乳汁先凝结成乳块，再化成清清的乳水了。

至于乳汁里的脂肪，我也常吃，吃了就把那脂肪“碱化”了，使那乳汁又变成黄黄的透明之水了。

在上述这些情形之中，在我大吃特吃之后，乳汁都发生了重大而显著的变化，人眼可望而见，人鼻可嗅而知，人口可拒之而不饮，就不至于发生什么变故了。

然而有时“牛山”上的情形很恶劣，山谷里尽是乌烟瘴气，我的一群淘气的孩子们已在山里东冲西突，乱抢乱劫，它们一得到乳峰开放的消息，一定会狂奔而来，混在乳汁里捣乱。呀！在我菌众中，它们是最刁滑无比的一群，它们可以不动声色地偷偷地在那里吃乳。它们吃过了之后，那乳汁也不会发生任何变化，人不知不觉地若吃了这样的乳汁，那才危险哩。

就这样，我的这一群野孩子就随着乳汁深入到人身的内地去了。由于它们行凶的结果，所造成不幸的事件就有结核、伤寒、副伤寒、痢疾、白喉、猩红热、脓毒性的喉痛，乃至于“布鲁氏菌病”之类的疫病。不知什么时候这消息又被科学先生的情报处所侦知了。于是在“人山”的食洞里，在乳汁所走过的路途上，在“牛山”的乳峰里，他们就大肆搜捕我的菌众，我的儿孙们无辜而被牵连入狱者不计其数。

最后，科学先生得到了完全的罪证，他们才知道，这些从乳汁所传染来的疫病，都是我那一群淘气的孩子所干的事，和我普通的菌众无干。

他们又发现了我的孩子们的弱点。我那些淘气的孩子们，都是顶怕热的微生物，热一过了60℃（140°F），经过了20分钟之久，它们就要死尽了，而其他与人无害的菌众，则仍可以在这热度中偷生。

所以在今日，牛奶的消毒，都是根据了这个原理。这他们似乎是顾全了我全体的生命，不用蒸煎的法子来歼灭我的全部，而其实他们是为着自己的利益，因为牛奶一经煮开，它滋养的内容就会损坏了不少呀。

我听说，这种消毒法，又是那位胡子科学先生所想出来的花样，他真处处和我为难。哎呀，那胡子，他真是我的老对头！

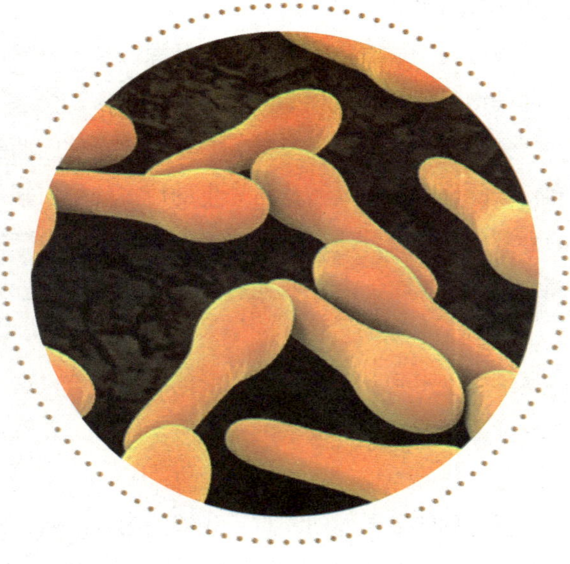

食道的占领

食的问题真够复杂而矛盾了。

除了无情的水、无情的空气、无情的矿盐之外，一切生命的原料，都是有情的东西，都是有机体，都是各种生物的肉身。

地球上各种生物，都有吃东西的资格，也都有被吃的危险。不但大的要吃小的，小的也要吃大的。不但人类要宰鸡杀羊，寄生虫也要拿人血人肉来充饥。这不是复仇，不是报应，这是生物界的一贯政策，生存竞争。

在生物界中，我是顶小顶小的生物，我要吃顶大顶大的东西，不，我什么东西都要吃，只要它不毒死我。一切大大小小的生物，都是我吃的对象。因此，我认为我谋食最便当的途径，就是到动物的食道[①]上去追寻。我渺小的身体，哪一种动物的食道去不得？

为了食的追求，我曾走遍天下大小动物的食道。在平时，我和食道的老板，都能相安无事。我吃我的，它消化它的。有时，我的吃，还能帮助它的消化呢。牛羊之类吃草的动物，它们的肚肠里若没有我在帮助它们吃，那些生硬的草的生硬的纤维素，就不易消化呵。

虽然，有些动物的食道，我是不大愿意去走的。蝎儿的肠腔我怕它太阴毒，某种蠕虫儿的肚子我嫌它太狭窄。北极的白熊，印度的蝙蝠，它们的食道上，我也很少去光顾，这我是受不了不良环境与气候

① 食道在这里泛指消化道。

的威胁呀！

我到处奔走求食，我在食道上有深久的阅历，我以为环境最优良、最丰腴的食道，要推举人类的肚肠了。这在前面我已宣扬过了：

人类的肚肠，是我的天堂，
那儿没有干焦冻饿的恐慌，
那儿有吃不尽的食粮。

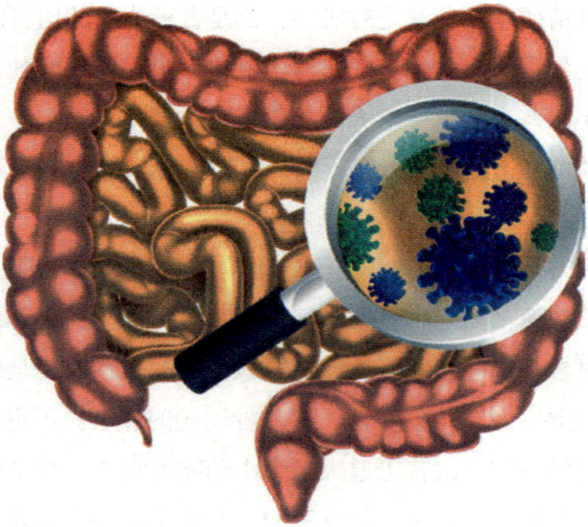

肠道细菌

人类这东西，也是最贪吃的生物，他的肚子，就是弱小动植物的坟墓，生物到了他的口里，都早已一命呜呼了。独有我菌儿这一群，能偷偷地渡过他的胃汁，于是他肠子里的积蓄，就变成我的粮仓食库了。在消化过程中的菜饭鱼肉，就变成我的沿途食摊了。在这条大道上，我一路吃，一路走，冲过了一关又一关，途中风光景物，真是美不胜收，几乎到处都拥挤不堪，我真可谓饱尝人体中的滋味了。虽然，我有时也曾厌倦了这种贵族式的油腻的生活，就巴不得早点溜出肛门之外呀。

然而，在平时，我的大部分菌众，始终都认为人类的肠腑是我最美满的乐土，尤其是在这人类称霸的时代，地球上的食粮尽归他所统治，他的食道，实在是食物的大市场、食物的王国呵。我若离开他的身体再到别的地方去谋生，那最终是要使我失望的呵。

这种道理，我的菌众似乎都很明白，因此，不论远近，只要有机可乘，我就一跃而登人类的大口。这是占领食道的先声。

在他的大口里，就有不少的食物的渣滓皮屑，都是已死去的动植物的细胞和细胞的附属品，在齿缝舌底之间填积着，可供我浅斟慢酌，我也可以兴旺一时了。然而，我在大口里，老是站不住脚的。口津如温泉一般地滚流不息，强盛的血液又使我战栗，吞食的动作又把我卷入食管里面去了。不然的话，我一旦得势，攻陷了黏膜，那张堂皇的大口，就要臭烂出脓了。

到了食管，顺着食管动荡的力量，长驱直入，我的先头部队，早已进抵胃的边岸了。扑通一声，我堕入黑洞洞、热滚滚、酸溜溜、毒辣辣的胃汁的深渊里去了。不幸我的大部分菌众都白白地浸死了。剩下了少数顽强的分子，它们有油滑的荚膜披体，有坚实的芽孢护身，一冲都冲过了这食道上最险恶的难关，安然达到胃的彼岸了。

有的人，胃的内部受了压迫，酿成了胃细胞怠工的风潮，胃汁的产量不足，酸度太淡，消化力不够强，我是不怕他的了，就是从来渡不过胃河的菌众，现在也都踉跄地过去了。

有的时候，胃壁上陡地长出一个团团的怪东西，是一种畸形的，多余的发育，科学先生给它一个特殊的名称叫作“癌”。“癌”，这不中用的细胞的大结合，我就毫不客气地占领了它，作为我攻人的特务机关了。

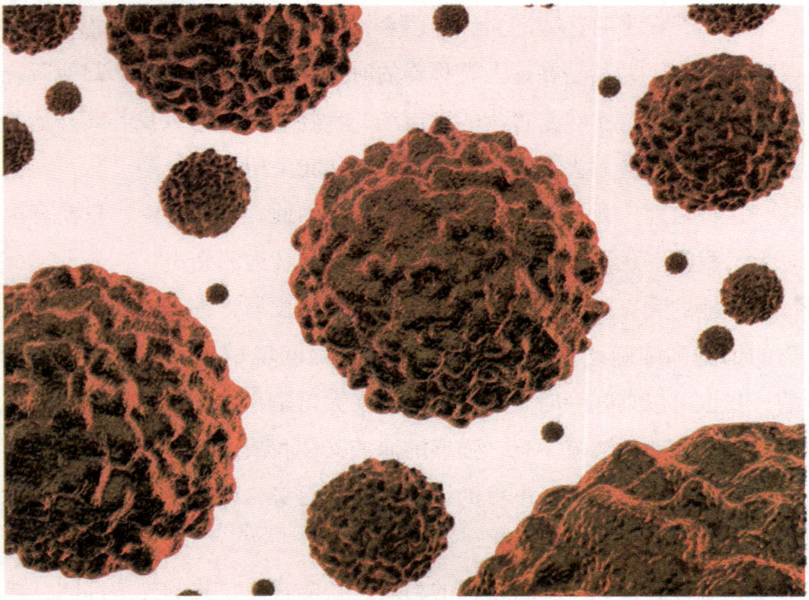

癌细胞扩散

一越过了有皱纹的胃的幽门，食道上的景色就要一变，变成了重重叠叠的，有“绒毛”的小肠的景色了。酸酸的胃汁流到了这里，就渐渐地减退了它的酸性。同时，黄黄的胆汁自肝来，清清的胰汁自胰腺来，黏黏的肠汁自肠腺里涌出，这些人体里的液汁，都有调剂酸性的本能。经过了胃的一番消化作用的食物，一到小肠，就渐渐成为中间性的食物了。中间性是由酸入碱必经的一个段落。在这个段落里，我就敢开始我吃的劳作了。

不过，我还有所顾忌，就是那些食物身上还蕴蓄着不少的“缓冲的酸性”，随时都会发生动摇，而把大好的小肠，又有变成酸溜溜的可能。所以在小肠里，我的菌众仍是不肯长久居留，我仍是不大得意的呵！

蠕动的小肠，依照它在食道上的形势，和它的绒毛的式样，可分为三大段。第一段是十二指肠，全段只有十二个指头并排在一起的那么长，紧接着是胃的幽门。第二段是空肠，食物运到这里，是随到随空的，不是被肠膜所吸收，就是急促地向下推移。第三段是回肠，它的蜿蜒曲折千回百转的路途，急煞了混在食物里面的我，我的行动是受了影响了，而同时食物的大部分珍美的滋养料，也就在这里，都被肠壁的细胞提走了。

我辛辛苦苦地在小肠的道上，一段一段地推进，一步一步我的胆子壮起来了。不料刚刚走到了环境的酸性全都消失的地方，好吃的东西，出其不意的，又都被人体的细胞抢去吃了。我深恨那肠壁四周的细胞。

小肠的曲折，到了盲肠的界口就终止了。盲肠是大肠的起点。在盲肠的小角落里，我发现了一条小小的死巷堂，是一条尾巴似的突出的东西，食物偶尔堕落进去，就不得出来。我也常常占领了它作为攻人的战壕，因此人身上就发生了盲肠炎的恐慌。

到了大肠了。大肠是一条没有绒毛的平坦大道，在人的腹部里面绕了一个大弯。已经被小肠榨取去精华的食物，到了这里，只配叫作食渣了。这食渣的运输极其迟缓，愈积愈多，拥挤得几乎透不过气。我伏在这食渣上，顺着大肠的趋势，慢慢儿往上升，慢慢儿横着走，慢慢儿向下降，过了乙状结肠，到了直肠，这是食道上最后的一站，就望见肛门之口，别有一番天地了。

食渣一到了大肠的最后的一段，一切可供为养料的东西，都已被肠膜的细胞和我的菌众洗劫一空了，所剩下的只是我无数万菌众的尸身和不能消化的残余，再染上胆汁之类的彩色，简直只配叫作屎丁。屎这不雅的名称，倒有一点写实的意思呀。

多事的科学先生，曾费了一番苦心去研究屎的内容，他们发现了屎的总量的 1/4 至 1/3 都是尸，尸就是指我而言。据说，我的菌群，从成人的肛门口所逃出的，每天总有 8 克重量的我，真不算少，估计起来，约有 128000000000000000000 之多的菌尸。128 之后，又拖上了 18 个零，这数字是多么惊人！由此可以想见大肠里的情形是如何的热闹了。

然而，在十二指肠的时候，我新从死海里逃生，我的神志，犹昏昏沉沉，我的菌数，殆寥寥无几，这些大肠里异常热闹的菌众，当然是到了大肠之后才繁殖出来的。我的先头部队，只须在每一群中，出几位有力的代表，做开路的先锋，以后就可以生生世世坐在肠腔里传子传孙了。

在我的先头部队之中，最先踏进肠口的，是我的一个最可疼的孩子。它是不怕酸的一员健将，它顶顶爱吃的东西就是乳酸。它常在乳峰里鬼混，它混在乳汁里面悄悄地冲进婴儿的食道里来了。在婴儿寂寞的肠腔里，感到孤独悲哀而呻吟的，就是它。它还有一位性情相近的兄弟，那是从牛奶房里来的，也老早就到“人山”的食道上了。

在婴儿没有断乳以前的肠腔，这两兄弟是出了十足的风头，红极一时的。婴儿一断了乳，四方的菌众都纷纷而至，要求它俩让出地盘。它们一失了势，从此就沉默下去了。

这些后来的菌众之中，最值得注意的，是我的两个最出色的孩子，这两个都是爱吃糖的孩子。它们吃过了糖之后，就会使那糖发酵。发酵是我菌儿特有的技能。为了发酵，不知惹出了多少闲气来，这是后话不提。

这两个孩子，一个就是鼎鼎大名的“大肠杆菌”，看它的名字，就晓得它的来历。它的足迹遍及天下动物的肚肠，只有鱼儿蛤儿之类冷血动物的肠腔，它似乎住不惯。科学先生曾举它作粪的代表，它在哪儿，哪儿便有沾了粪的嫌疑了。

那另一个，也有游历全世界肚肠的经验。它身上是有芽孢的，它的行旅是更顺利了。不过，它有一种怪脾气，好在黑暗没有空气的角落里过日子，有新鲜空气的地方，反而不能生存下去。这是“厌气菌”的特色。肚肠里的环境，恰恰适合了这种奇怪的生活条件。

我的孩子们有这一种怪脾气的很多，还有一个，也在肚肠里谋生。它很淘气，常害人得“破伤风”的大病，在肠腔里，它却不作怪。你们中国北平工人的肠腔里，就收留了不少它的芽孢。这大概是由于劳苦的工人多和土壤接近的吧！我的这个孩子本来伏在土壤里面。尤其是在北平，大风刮起漫天的尘沙，人力车夫张着大口喘息不定地在奔跑，它的机会就来了。

其实，我要攀登“人山”上食道的机会，真多着哪！哪一条食道不是完全公开的呢？我的孩子们，谁有不怕酸的本领，谁能顽强抵抗人体的攻击，谁就能一堑一堑冲进去了。在这“人山”正忙着过年节的当儿，我的菌众就更加活跃了。

我虽这样地占领了食道，占领了人类的肚肠，仍逃不过科学先生灼灼似贼的眼光。有时人们会叫肚子痛，或大吐大泻，于是他们的目光，又都射到我的身上了，又要提我到实验室审问去了。那胡子科学先生的门徒又在作法了，号称天堂的肚肠，也不是我的安乐窝了。哎！我真晦气！

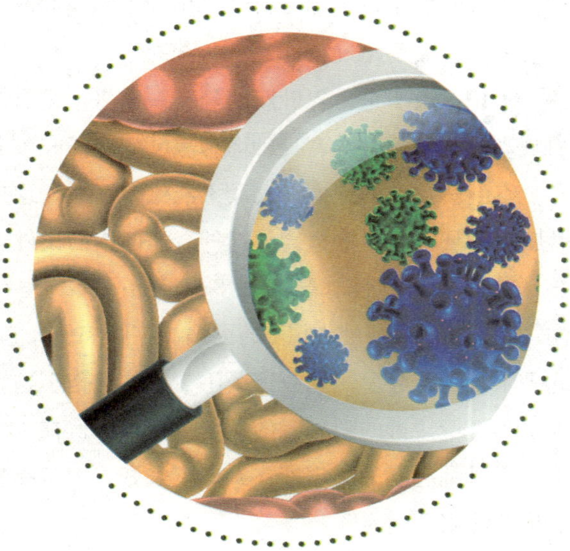

肠腔里的会议

崎岖的食道，纷乱的肠腔，
我饱尝了“糖类”和“蛋白质”的滋味。
我看着我的孩子们，一群又一群，
齐来到幽门之内，开了一个盛大的会议，
有的鼓起芽孢，有的舞着鞭毛，
尽情地欢宴，
尽量地欢宴。
天晓得，乐极悲来，好事多磨，
突然伸来科学先生的怪手，
我又被囚入玻璃小塔了；
无情之火烧，毒辣之汁浇，
我的菌众一一都遭难了。
烧就烧，浇就浇，我是始终不屈服！
他的手段高，我的菌众多，我是永远不屈服！
这肠腔里的会议是值得纪念的。
这肠腔里的“菌才”是济济一堂的。

从寂寞婴儿的肠腔，变成热闹成人的肠腔，我的孩子们，先先后后来到此间的一共有八大群，我现在一群一群地来介绍一下罢。

俨然以大肠的主人翁自居的“大肠杆菌”；酸溜溜从乳峰之口奔下来的“乳酸杆菌”；以不要现成的氧气为生存条件的“厌氧杆菌”；这三群孩子我在前一章已经提出，这里不再啰嗦了。其他的五大群呢？其他的五大群也曾在肠腔里兴旺过一时。

第四群，是“链球儿”那一房所出的，它的身子是那样圆圆的小球儿似的，有时成串，有时成双，有时单独地出现。科学先生看见它，吃了一惊，后来知道它在肚子里并不作怪，就给它起了一个绰号，叫作“吃屎链球菌”①。“链球菌”这三字多么威风！这是承认它是肺港之役曾出过风头的“吃血链球菌”的小兄弟了。而今乃冠之以吃屎，是笑它的不中用，只配吃屎了。我这群可怜的孩子，是给科学先生所侮辱了。然而这倒可以反映出它在肠腔里的地位呵！

（笔记先生按：最近国民政府有一位姓朱的大将军，据说因为打补血针的时候不当心，血液中毒，得了败血症而死了。那闯进他的血管里面，屠杀他的血球的凶手，就是那著名的“吃血链球菌”呀！而那吃血的“链球菌”，它有时也曾被吞到肚子里去，不过，肚子里的环境是不容许它有什么暴动的，所以在肚子里它反不如它的小兄弟——“吃屎链球菌”那样的活跃。这在菌儿它是不好意思直说出来的啊。）

第五群，是“化腐杆儿”那一房所出的，它的小棒儿似的身体，满像“大肠杆菌”，不过，它有时变为粗短，有时变为细长，因此科学先生称它作“变形杆菌”。它浑身都是鞭毛，因此它的行动极其迅速而活泼。它好在阴沟粪土里盘桓，一切不干净的空气，不漂亮的水，常有它的踪迹。它爱吃的尽是些腐肉烂尸及一切腐败的蛋白质，它真是腐体寄生物中的小霸王。它在哪儿发现，哪儿便有臭腐的嫌

① 即粪链球菌。

疑。它闻到了这肠腔里臭味冲天，料到这儿有不少腐烂的蛋白质在堆积着，因此它就混在剩余的肉汤菜渣里滚进来了。

在肠腔里，它虽能安静地干它化解腐物的工作，但它所化解出来的东西，往往含有一点儿毒质，而使肠膜的细胞感到不安。科学先生疑它和胃肠炎的案件有关，因此它就屡次被捕了。如今这案件还在争讼不已，真是我这孩子的不幸。

第六群，是“芽孢杆儿”那一房所出。也是小棒儿似的样子，它的头上却长出一颗坚实的芽孢。它的性儿很耐，行动飞快。它的地盘也很大，乡村的土壤和城市的空气中，都寻得着它。它爱喝的是咸水，爱吃的是枯草烂叶。它也是有名的腐体寄生物，不过它的寄生多数都是植物的后身，因此科学先生呼它作枯草杆菌。它大概是闻知了这肠腔里有青菜萝卜的气味，就紧抱着它的芽孢，而飘来这里借宿了。有那样坚实的芽孢，胃汁很难浸死它，它这一群冲进幽门的着实不少呵。

在新鲜的粪汁里，科学先生常发现一大堆它的芽孢。它又常到实验室里去偷吃玻璃小塔中的食粮，因此实验室里的掌柜们都十分讨厌它。但因为它毕竟是和平柔顺的分子，在大人先生的肚子里并没有闹过乱子，科学先生待它也特别宽容，不常加以逮捕。这真是这吃素的孩子的大幸。

第七群，是“螺旋儿”那一房所出。它的态度有点不明，而使科学先生狐疑不定。它一被科学先生捉了去，就坚决地绝食以反抗，所以那玻璃小塔里，是很难养活它的。后来还亏东方木屐国有一位什么博士，用活肉活血来请它吃，它的真相乃得以大明。它的像螺丝钉一般的身儿，弯了一弯又一弯，真是在高等动物的温暖而肥美的血肉里娇养惯了，一旦被人家拖出来，才有那样的难养。大概我的孩子们过

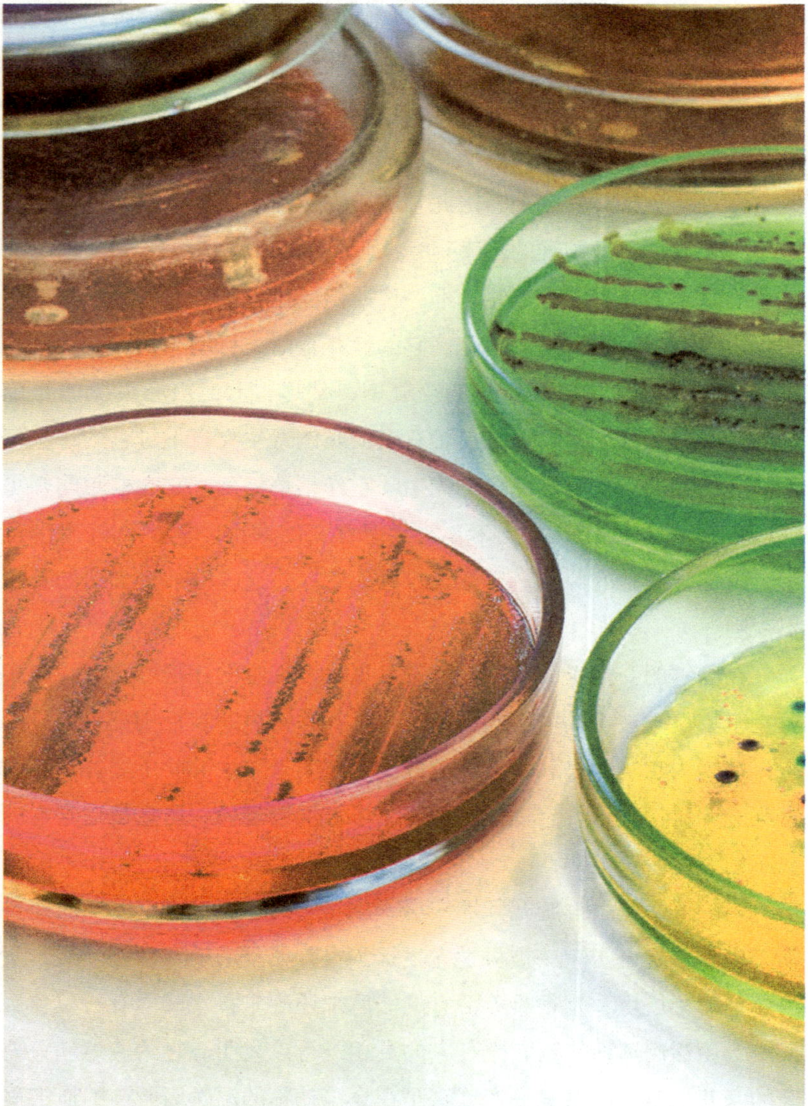

细菌培养皿

惯了人体舒适的生活的，都有这样古怪的脾气，而这脾气在螺旋儿这一群，是显得格外厉害的了。

虽然，我这螺旋儿，有时候因为寻不着适当的人体公寓，暂在昆虫小客栈里借宿，以昆虫为“中间宿主”。在形态上，在性格上本来已经有“原动物”的嫌疑的它，更有什么中间宿主这秘密的勾当，愈发使科学先生不肯相信它是我菌儿的后裔了。于是就有人居间调停了，叫它作“螺旋体”，说它是生物界的中立派，跨在动植物两界之间吧。这些都是科学先生的事，我何必去管。

我只晓得，它和我的其他各群孩子们过从很密。在口腔里，在牙龈上，在舌底下，我们都时常会见过。在肠腔里，我们也都在一块儿住，一块儿吃，它也服服帖帖的并不出奇生事。要等它溜进血川血河里，这才大显其身手，它原是血水的强盗。不过它还有一所秘密的巢窝，是人间所讳言的神秘之窟。其实，那有什么了不起呢？我一生成功的秘诀，就在生殖得快而且多呀！正因为人类的生殖器，多为庄严的礼教所软禁，迫得愚夫愚妇铤而走险，这才闹出花柳病的案子、花柳病的乱子了。于是人类生殖器便成为这螺旋儿的势力区了，不然，它也只好平心静气地伏在肠腔里养老呀。

第八群，是“酵儿”和“霉儿”。它们并不是我自己的孩子，而是我的大房二房兄弟所出的，算起来还是我的侄儿哩。它们都是制酒发酵的专家。不过它们也时常到人类肚子里来游历，所以在这肠腔里集会的时候，它也列席了。

那酵儿在我族里算是较大的个子，它那像小山芋似的胖胖的身儿是很容易认得的。它的老家是土壤，它常伏在马蜂、蜜蜂之类的昆虫的脚下飞游，有时被这些昆虫带到了葡萄之类的果皮上。它就在那儿繁殖起来，那葡萄就会变酸了，它也就是从这酸葡萄酸茶之类的食物滚进人身的口洞里来了。酒桶里没有它，酒就造不成，这在中国的古人早就知道了，不过看不出它是活生生的生物罢了。它的种类也很多，所造出来的酒也各不相同。法国的酒商曾为这事情闹到了胡子科学先生的面前。

那霉儿，它的身子像游丝似的，几个十几个细胞连在一起。它是无所不吃的生物，它的生殖力又极强，气候的寒热干湿它都能忍耐过去，尤其是在四五月之间毛毛雨的天气里，它最盛行了。因此它的地盘之大，我们的菌众都比不上它。它有强烈的酵素，它所到的地方，一切有机体的内部都会起变化，人类的衣服、家具、食品等的东西是给它毁损了。然而它的发酵作用并不完全有害，人类有许多工业都靠着它来维持哩。

关于这两群孩子的事实还很多，将来也要请笔记先生替它立传，我这里不过附带声明一声罢了。

以上所说的八大群的菌众，先后都赶到大肠里集会了。

“乳酸杆儿”是吃糖产酸那一房的代表。

“大肠杆儿”是在肠子里淘气的那一房的代表。

“厌氧杆儿”是讨厌氧气那一房的代表。

“吃屎链球儿”是球族那一房的代表。

“变形杆儿”是吃死肉那一房的代表。

“芽孢杆儿”是吃枯草烂叶那一房的代表。

“螺旋儿”是螺旋那一房的代表。

“酵儿”和“霉儿”是发酵造酒那两房的代表。

这八群虽然不足以代表大肠的全体菌众，但是它们是大肠里最活跃最显著最有势力的分子了。

在以前几章的自传里，我并没有谈到我自己的形态，在本章里我也只略略地提出。那是因为你们没有福气看到显微镜的大众，总没有机会会见我，我就是描写得非常精细，你们的脑袋里也不会得到深刻的印象呵。在这里，你们只须记得我的三种外表的轮廓就得了：就是球形、杆形和螺旋形三种呵。

还有芽孢、荚膜、鞭毛也是我身上的特点，这里我也不必详细去谈它。

然而，我认为你们应当格外注意的，就是我在大肠里面是怎样的吃法，这是和你们的身体很有利害关系呵。

我这八群的孩子，它们的食癖，总说起来可分为两大党派：一派是吃糖，糖就是碳水化合物的代表；一派是吃肉，肉是蛋白质的代表。

它们吃了糖就会使那糖发酵变酸。

它们吃了肉就会使那肉化腐变臭。

这酸与臭就是我的生理化学上的两大作用呀。

然而大肠里蛋白质与碳水化合物的分布是极不平均的。和尚尼姑的大肠里大约是糖多，阔佬富翁的大肠里大约是肉多。

糖多，我的爱吃糖的孩子们，如乳酸杆儿之群，就可以勃兴了。

肉多，我的爱吃肉的孩子们，如变形杆儿之群，就可以繁盛了。

乳酸杆儿勃兴的时候，是对你们大人先生的健康有益的，因为它吃了糖就会产出大量的酸。在酸汁浸润的肠腔里，吃肉的菌众是永远不会得志的，而且就是我那一群淘气的野孩子们，偶尔闯进来，也会立刻被酸所扫灭了。所以在乳酸杆儿极度繁荣的肠腔里，人身上是不会发生伤寒病之类的乱子。所以今天的科学医生常利用它来治疗伤寒。

伤寒的确是你们的极可怕的一种肠胃的传染病，是我的一群凶恶的野孩子在作祟。这野孩子就是大肠杆儿那一房所出的。在烂鱼烂肉那些腐败的蛋白质的环境里，它就极容易发作起来。害人得痢疾的野孩子也是这一房所出的。害人得急性胃肠病的也是这一房所出的。它们都希望有大量的肉渣鱼屑，从胃的幽门运进来。还有霍乱那极淘气的孩子，也是这样的脾气。霍乱、痢疾、伤寒这三个难兄难弟和你们中国人是很有来往的，我不高兴去多谈它了。

就是这些野孩子不在肠腔里的时候，如果肠腔里的蛋白质堆积得过多，别的菌众也会因吃得过火，而使那些蛋白质化解成为毒质。

专会化解蛋白质成为毒质的，要算是著名的“腊肠毒杆儿”了，这杆儿是我的厌气那一房孩子所出的。这些厌气的孩子们，身上也都带着坚实的芽孢，既不怕热力的攻击，又不怕酸汁的浸润，很容易就给它溜进肠腔里来了。

那八大群的菌众是肠腔会议中经常出席的，这些淘气的野孩子们是偶尔进来列席旁听的。我们所讨论的议案是什么？那是要严守秘密的呵！

不幸这些秘密都被胡子科学先生的徒子徒孙们一点一点地查出来了。

于是这八大群的孩子们，淘气的野孩子们以及其他的菌众一个个都唧当唧当地入狱，被拘留在玻璃小塔里面了。

这在科学先生是要研究出对付我们的圆满的办法呵。

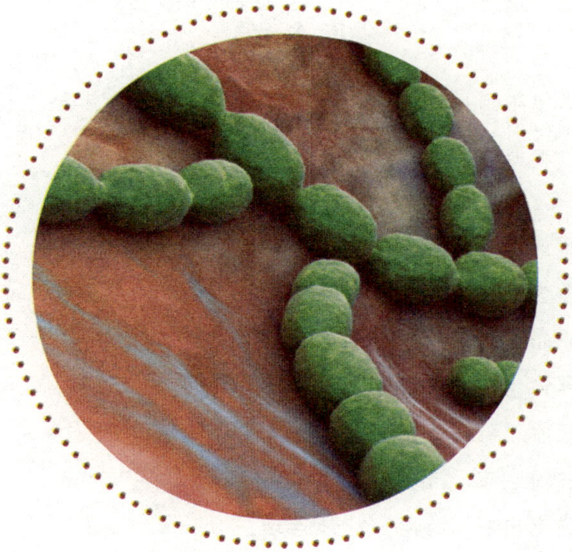

清除腐物

真想不到，我现在竟在这里，受实验室的活罪。
科学的刑具架在我的身上，
显微镜的怪光照得我浑身通亮；
蒸锅里的热气烫得我发昏，
毒辣的药汁使我的细胞起了溃伤；
亮晶晶的玻璃小塔里虽有新鲜的食粮，
那终究要变成我生命的屠宰场。
从冰箱到暖室，从暖室又被送进冰箱，
三天一审，五天一问，
侦察出我在外界怎样地活动，
揭发了我在人间行凶的真相。
于是科学先生指天画地地公布我的罪状，
口口声声大骂我这微生物太荒唐，
自私的人类，都在诅咒我的灭亡，
一提起我的怪名，
他们不是怨天，就是“尤人”（这人是指我）！

怨天就是说：“天既生人，为什么又生出这鬼鬼祟祟的细菌，暗地里在谋害人命？”

“尤人”就说：“细菌这可恶的小东西，和我们势不两立，恨不得将天下的细菌一网打尽！”

这些近视眼的科学先生，和盲目的人类大众，都以为我的生存是专跟他们作对似的，其实我哪里有这等疯狂？

他们抽出片断的事实，抹杀了我全部的本相。

我真有冤难申，我微弱的呼声打不进大人先生的耳门。

现在亏了有这位笔记先生，自愿替我立传，我乃得向全世界的人民将我的苦衷宣扬。

我菌儿真的和人类势不两立吗？这一问未免使我的小胞心有点辛酸！

天哪！我哪里有这样的狠心肠，人类对我竟生出这样严重的恶感。

在生存竞争的过程中，哪个生物没有越轨的举动？人类不也在宰鸡杀羊，折花砍木，残杀了无数动物的生命，伤害了无数植物的健康。而今那些传染病爆发的事件，也不过是我那一群号称“毒菌”的野孩子们，偶尔为着争食而突起的暴动罢了。

正和人群中之有帝国主义者，兽群中之有猛虎毒蛇，我菌群中也有了这狠毒的病菌。它们都是横暴的侵略者，残酷的杀戮者，阴险的集体安全的破坏者，真是丢尽了生物界的面子！闹得地球不太平！

我那一群野孩子们粗暴的行为虽时常使人类陷入深沉的苦痛，这毕竟是我族中少数不良分子的丑行，败坏了我的名声。老实说这并不是我完全的罪过呵！我菌众并不都是这么凶呀！

我那长年流落的生活，踏遍了现在世界一切污浊的地方，在臭秽中求生存，在潮湿处传子孙，与卑贱下流的东西为伍，忍受着那冬天的冰雪，被困于那燥热的太阳，无非是要执行我在宇宙间的神圣职务。

我本是土壤里的劳动者，大地上的清道夫，我除污秽，解固体，变废物为有用。

有人说：我也就是废物的一分子，那真是他的大错，他对于事实的蒙昧了。

我飞来飘去，虽常和腐肉烂尸枯草朽木之类混居杂处，但我并不同流合污，不做废物的傀儡，而是它们的主宰，我是负有清除它们的使命呵！

喂！自命不凡的人类呵！不要藐视了我这低级的使命吧！这世界是集体经营的世界！不是上帝或任何独裁者所能一手包办的！地球的繁荣是靠着我们全体生物界的努力！我们无贵无贱的都要共同合作的呵！

在生物界的分工合作中，我菌儿微弱的单细胞所尽的薄力，虽只有看不见的一点一滴，然而我集合无限量的菌众，挥起伟大的团结力量，也能移山倒海，也能呼风唤雨呀！

> 我移的是土壤之山，
> 我倒的是废物之海，
> 我呼的是酵素之风，
> 我唤的是氮气之雨。

我悄悄地伏在土壤里工作，已经历过数不清的年头了。我化解了废物，充实了土壤的内容，植物不断地向它榨取原料，而它仍能源源地供给不竭，这还不是我的功绩吗？

我怎样地化解废物呢？

我有发酵的本领，我有分解蛋白质的技能，我又有溶解脂肪的特长呵。

在自然界的演变途中，旧的不断地在毁灭，新的不断地从毁灭的余烬中诞生。我的命运也是这样。我的细胞不断地在毁灭与产生，我是需要向环境索取原料的。这些原料大都是别人家细胞的尸体。人家的细胞虽死，它内容的滋养成分不灭，我深明这一点。但我不能将那死气沉沉的内容，不折不扣地照原样全盘收纳进去。我必须将它的顽固的内容拆散，像拆散一座破旧的高楼，用那残砖断瓦，破栋旧梁，重新改建好几所平房似的。

因此，我在自然界里面，有一大部分的职务，便是整天整夜地坐在生物的尸身上，干那拆散旧细胞的工作。虽然有时我的孩子们因吃得过火，连那附近的活生生的细胞都侵犯了。这是它们的唐突，这也许就是我菌儿所以开罪于人类的原因吧！

那些已死去的生物的细胞，多少总还含点蛋白质、糖类、脂肪、水、无机盐和活力素等六种成分吧。这六种成分，我的小小而孤单的细胞里面，也都需要着，一种也不能缺少。

这六种中间，以水和活力素最容易消失，也最容易吸收，其次就是无机盐，它的分量本来就不多，也不难穿过我的细胞膜。只有那些结构复杂而又坚实的蛋白质、糖类和脂肪等，我才费尽了力气，将它们一点一点地软化下去，一丝一丝地分解出来，变成了简单的物体，然后才能引渡它们过来，作为我新细胞建设与发展的材料了。

是蛋白质吧，它的名目很多，性质各异，我就统统要使它一步一步地返本归元，最后都化成了氨、一氧化氮、硝酸盐、氮、硫化氢、甲烷，乃至于二氧化碳及水，如此之类最简单的化学品了。

这种工作，有个专门名词，叫作“化腐作用”，把已经没有生命的腐败的蛋白质，化解走了。这时候往往有一阵怪难闻的气味，冲进旁观的人的鼻孔里去。

于是那旁观的人就说："这东西臭了，坏了！"

那正是我化解腐物的工作最有成绩的当儿呵！担任这种工作的主角，都是我那一群"厌气"的孩子们。它们无须氧的帮忙，就在黑暗潮湿的角落里，腐物堆积的地方，大肆活动起来！

是糖类吧，它的式样也有种种，结构也各不同，从生硬的纤维素，顽固的淀粉到较为轻松的乳糖、葡萄糖之类，我也得按部就班地逐渐把它们解放了，变成了酪酸、乳酸、醋酸、蚁酸、二氧化碳及水之类的起码货色了。

是脂肪吧，我就得把它化成甘油和脂酸之类的初级分子了。

蛋白质、糖类和脂肪，这许多复杂的有机物，都是以碳为中心。碳在这里实在是各种化学元素大团结的枢纽。我现在要打散这个大团结，使各元素从碳的链锁中解放出来，重新组织适合于我细胞所需要的小型有机物，这种分解的工作，能使地球上一切腐败的东西，都现出原形，归还了土壤，使土壤的原料无缺。

我生生世世，子子孙孙，都在这方面不断努力着，我所得的酬劳，也只是延续了我种我族的生命而已。而今，我的野孩子们不幸有越轨的举动，竟招惹人类永久的仇恨！我真抱憾无穷了。

然而有人又要非难我了，说："腐物的化解，也许是'氧化'作用吧！你这小东西连一粒灰尘都抬不起，有什么能力，用什么工具，竟敢冒称这大地上清除腐物的成绩都是你的功劳呢？"这问题19世纪的科学先生，曾闹过一番热烈的论战。

在这里最能了解我的，还是那我素来所憎恨的胡子科学先生。他花了许多年的工夫，埋头苦干的在试验，结果他完全证实了发酵和化腐的过程，并不是什么氧化作用。没有我这一群微生物在活动，发酵

酵素帮助发酵

是永远发不成功的呵！

我有什么特殊的能力呢？

我的细胞里面有一件微妙的法宝。

这法宝，科学先生叫它作“酵素”，中文的译名有时又叫作“酶”，大约这东西总有点酒或醋的气息吧！

这法宝，研究生理化学的人，早就知道它的存在了。可惜他们只看出它的活动的影响，看不清它的内容的结构，我的纯粹酵素人们始终不能把它分离出来。因此多疑的科学先生又说它有两种了：一种是有生机的酵素，一种是无生机的酵素。

那无生机的酵素，是指“蛋白酵”“淀粉酵”之类那些高等动植物身上所有的分泌物。它们无须活细胞在旁监视，也能促进化解腐物的工作。因此科学先生就认为它们是没有生机的酵素了。

那有生机的酵素，就是指我的细胞里面所存的这微妙的法宝。在酒桶里、在醋瓮里、在腌菜的锅子里，胡子科学先生的门徒们观察了我的工作成绩，以为这是我的新陈代谢的作用，以为我这发酵的功能是我细胞全部活动的结果，因而以为我菌儿的本身就是一种有生机的酵素了。

我在生理化学的实验室里听到了这些理论，心里怪难受的。

酵素就是酵素，有什么有生的和无生的可分呢。我的酵素也可以从我的细胞内部榨取出来，那榨取出来的东西，和其他动植物体内的酵素原是一类的东西。是酵素总是细胞的产物吧。虽是细胞的产物，它却都能离开细胞而自由活动。它的行为有点像化学界的媒婆，它的光顾能促成各种化学分子加速度的结合或分离，而它自己的内容并不起什么变化。

在化学反应的过程中，这酵素永远是站在第三者的地位，保持着自己的本来面目。然而它却不守中立，没有它的参加，化学物质各分子间的关系，不会那样的紧张，不会引起很快的突变，它算是有激动化学的变化之功了。

没有酵素在活动，全生物界的进展就要停滞了。尤其是苦了我！它是我随身的法宝。失去它，我的一切工作都不能进行了。

虽然，我也只觉着它有这神妙的作用。我有了它，就像人类有了双手和大脑，任何艰苦的生活，都可以积极地去克服。有了它，蛋白质碰到我就要松，糖类碰到我就要分散，脂肪碰到我就要溶解，都成为很简单的化学品了。有了它，我又能将这些简单的化学品综合起来，成为我自己的胞浆，完成了我的新陈代谢工作，实践了我清除腐物的使命。

这样一说，酵素这法宝真是神通广大了。它的内容结构究竟是怎样呢？这问题，真使科学先生煞费苦心了。

有的说：酵素的本身就是一种蛋白质。

有的说：这是所提取的酵素不纯净，它的身体是被蛋白质所玷污了，它才有蛋白质的嫌疑呀！

又有的说：酵素是一个活动体，拖着一只胶性的尾巴，由于那胶性尾巴的勾结，那活动体才得以发挥它固有的力量呵！

还有的说：酵素的活动是一种电的作用。譬如我吧，我之所以能化解腐物，是由于以我的细胞为中心的“电场”，激动了那腐物基质中的各化学分子，使它们阴阳颠倒，而使它们内部的结构发生变动了。

这真是越说越玄妙了！

本来，清除腐物是一个浩大无比的工程。腐物是五光十色无所不包，因而酵素的性质也就复杂而繁多了。每一种蛋白质、每一种糖类、每一种脂肪，甚而至于每一种有机物，都需要特殊的酵素来分解。属于水解作用的，有水解的酵素；属于氧化作用的，有氧化的酵素；属于复位作用的，有复位的酵素。举也举不尽了。这些错综复杂的酵素，自然不是我那一颗孤单的细胞所能兼收并蓄的。这清除腐物的责任，更非我全体菌众团结一致地担负起来不可！

酵素的能力虽大，它的活动却也受了环境的限制。环境中有种种势力都足以阻挠它的工作，甚至于破坏它的完整。

环境的温度就是一种主要的势力。在低温度里，它的工作甚为迟缓，温度一高过 70℃，它就很快地感受到威胁而停顿了。由 35℃到 50℃之间，是它最活跃的时候。虽然，我有一种分解蛋白质的酵素，能短期地经过沸点热力的攻击而不灭，那是酵素中最顽强的一员了。

此外，我的酵素，也怕阳光的照耀，尤其怕阳光中的紫外线，也怕电流的振荡，也怕强酸的浸润，也怕汞、镍、钴、锌、银、金之类的重金属的盐的侵害，也怕……

我不厌其详地叙述酵素的情形，因为它是生物界一大特色，是消化与抵抗作用的武器，是细胞生命的靠山，尤其是我清除腐物的巧妙的工具。

我的一呼一吸一吞一吐，
都靠着那在活动的酵毒，
那永远不可磨灭的酵素。
然而，在人类的眼中，它又有反动的嫌疑了。
那溶化病人的血球的溶血素，不也是一种酵素么？
那麻木人类神经的毒素，不也是酵素的产物么？
这固然是酵素的变相，我那一群野孩子是吃得过火，
请莫过于仇恨我，这不是我全体的罪过。
您不见我清除腐物的成绩吗？
我还有变更土壤的功业呢！
这地球的繁荣还少不了我，
我的灭绝将带给全生物界以难言的苦恼，
是绝望的苦恼！

土壤革命

土壤，广大的土壤，是我的祖国，是我的家乡，
我从不知道时候的时候起，就把生命隐藏在它的怀中，
我在那儿繁殖，我在那儿不停地工作，
那儿有我永久吃不尽的食粮。
有时我吃完了人兽的尸肉，就伴着那残余的枯骨长眠；
有时我沾湿了农夫的血汗，就舞起鞭毛在地面上游行。
在神农氏没有教老百姓耕种的时候，
我就已经伏在土中制造植物的食料。
有我在，荒芜的土地可变成富饶的田园；
失去我，满地的绿意，一转眼，都要满目凄凉。
蒙古的沙漠，一片枯黄，
就因为那儿，我没有立足的地方。
在有内容的泥土里，我不曾虚度一刻的时辰，
都为着植物的繁荣，为着自然界的复兴。
有时我随着沙尘而飞扬，叹身世的飘零；
有时我踏着落叶，乘着雨点而下沉；
有时我从肚肠溜出，混在粪中，颠沛流离；
经过曲曲折折的路途，也都回到土壤会齐。
我在地球上虽是行踪无定，

我在土壤里却负有变更土壤的使命。

变更土壤就是一种革命的工作，

是破坏和建设兼程并进的工作。

这革命的主力虽是我的活动，

也还有不少其他杂色的党员。

土壤，广大的土壤，原是微生物的王国，

并且，是微生物的联邦。

有小动物之邦，有小植物之邦。

在小动物之邦里，有我所痛恨的原虫，有我所讨厌的线虫，有我所望而生畏的昆虫。

在小植物之邦里，有我所不敢高攀的苔藓，有我所引为同志的酵霉，有我所情投意合的放线菌。

这些形形色色的分子，有些是反动，有些是前进。

看哪！那原虫，我在人身上旅行的时候，已经屡次碰见过了。在肚肠里，酿成一种痢疾的祸变的，不是变形虫的家属吗？在血液里，闹出黑热病的乱子的，不是鞭毛虫的亲族吗？变形虫和鞭毛虫都是顶凶顶狠毒的原虫。它们和我的那一群不安分的野孩子的胡闹，似乎是连成一气的。

它们不但在谋害高贵的人命，连我微弱的胞体也要欺凌。我正在土壤里工作的时候，老远就望见它们了。那耀武扬威的伪足，那神气十足的粗毛，汹汹然而来，好不威风。只恨我，受了环境的限制，行动不自由，尽力爬了24小时，爬不到1英寸①，哪里回避得及，就遭它们的毒手了。

① 1英寸=2.54厘米。

叶绿素

这些可恶的原虫儿们所盘伏的地层，也就是我所盘伏的地层。在每一克重的土块里，它们的群众，有时多至100万以上，少的也有好几百，其中以鞭毛虫最占多数。它们的存在，给我族的生命以莫大的威胁。它们真是我的死对头。

看哪！那线虫，也是一种阴险而凶恶的虫族，其中以吸血的钩虫为尤凶。它借土壤的潜伏所，不时向人类进攻。中国的农民受它的残害者，真不知有多少。它真是田间的大患。这本与我无干，我在这里提一声，免得你们又来错怪我土壤里的孩子们了。

看哪！那昆虫，如蚯蚓、蚂蚁之徒，是土壤联邦显要的居民。它们的块头颇大，面目狰狞，有些可怕，钻来钻去，骚扰地方，又有些讨厌。不过，它们所走过的区域，土壤为之松软，倒使我的工作顺利。我又有时吃腻了大动物的血肉，常拿它们的尸体来换换口味，也可以解解土中生活的闷气。

这些土壤里的小动物们的举动，在我们土壤革命者的眼中，要算是落后，而且有些反动的嫌疑。

土壤里小植物之邦的公民，就比较地先进多了。

虽然那苔藓之群，它们的群众密布在土壤的上层，它们有娇滴滴的胞体、绿油油的色素，能直接吸收太阳的光力，制造自己的食粮。然而它们对于土壤的革命，有什么贡献呢？恐怕也只是一种太平的点缀品，是土壤肥沃的表征吧。它们可以说是土壤国的少爷小姐，过着闲适的生活了。

土壤里真正的劳动者，算起来都是我的同宗。酵儿和霉儿就是那里面很活跃的两群。

酵儿在普通的土壤里还不多见，但在酸性的土壤里、在果园里、在葡萄园里，我常遇着它们。没有它们的工作，已经抛弃在地上的果皮花叶，一切果树的残余，怎么会化除完尽呢？

霉儿能过着极简单的生活，在各样各式的土壤里我都遇到它。它这一房所出的角色真不算少：最常见的，有“头状菌”，有“根足菌”，有“麯菌”，有“笔头菌”，有“念珠状菌”，这些怪名都是描写它们的形态。它们在土中，能分解蛋白质为氨，能拆散极坚固的纤维素。酸性的土壤，是我所不乐居的，它们居然也能在那儿蔓延，真是做到我所不能做的革命工作了。

和我的生活更接近的，要算是放线菌那族了。它们那柳丝似的胞体，一条条分枝，一枝枝散开。它们的祖先什么时候和我菌儿分家，变成现在的样子，如今是渺渺茫茫无从查考了。但在土壤里，它仍同我在一起过活，然而它的生存条件，似乎比我严格点，土壤深到了30英寸，它就渐渐无生望，终至于绝迹了。它在土壤最大的任务，是专分解纤维素的，它似乎又有推动氧化其他有机物之功哩。

最后，我该谈到我自己了，我在土壤联邦里，虽是个子最小，年纪最轻，而我的种类却最繁，菌众却最多，革命的力量也最伟大。

我的菌众，差不多每一房每一系，都是在土壤里起家。所以在那儿，还有不少球儿、杆儿、螺儿的后代；也有不少硝菌、硫菌、铁菌的遗族。真是济济一堂。

我的菌众估计起来，每一克重的土块，竟有300万至2亿之多。虽然，这也要看入土的深浅，离开地面2英寸至9英寸之深，我的菌数最多。以后入土越深，我也就越稀少了。深过了4英尺[1]，我也要绝迹。然而，在质地疏松的土壤里，我可以长驱直入，达到10英尺以内，还有我的部队在垦殖哩。

有这么多的菌群，在那么大那么深的土壤盘踞着，繁殖着，无怪

① 1英尺=0.3048米。

乎我声势的浩大，群力的雄厚，我的微生物同辈都赶不上了。我们这一大群一大群土壤联邦的公民，大多数都是革命的工作者。

土壤革命的工作，需要彻底的破坏也需要基本的建设，因而我们这些公民，又可分为两大派别。

第一派是“营养自给派”，是建设者之群。它们靠着自身的本事，有的能将无机的元素，如硫、氢之类，有的能将无机的化合物，如氨、二氧化氮、硫化氢之类，有的能将简单的碳化物，如一氧化碳、甲烷之类，都氧化起来，变成植物大众的食粮；又有的能直接吸收空气中的二氧化碳，以补充自己。

在建设工作进行中，这派所用的技术又分两种。有的用化学综合的技术，如硝菌、硫菌、氢菌、甲烷菌、铁菌等，我的这些出色的孩子们，就是这样一群的技术能手。看它们的名称就可知道它们

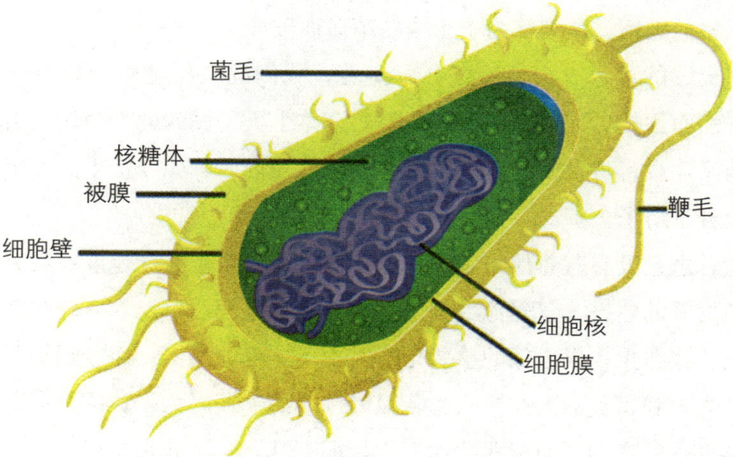

细菌的细胞结构图

的行动了。

有的用光学综合的技术，那满身都是叶绿素的苔藓，就是这一类的技术能手。

然而，没有破坏者之群做它们的先驱，预备好土中的原料，它们也有绝食之忧呵。

第二派是“营养他给派”，那就是土壤的破坏者之群了。它们没有直接利用无机物的本领，只好将别人家现成的有机物，慢慢地侵蚀，慢慢地分解，变成了简单的食粮，一部分饱了自己的细胞，其余的都送还土壤了。

然而有时它们的破坏工作是有些过激了，连那活生生的细胞也要加害，这事情就弄糟了。生物界的纠纷，都是由此而兴，而互相残杀的惨变层出不穷了。我所痛恨的原虫就是这样残酷的一群。

至于我菌儿，虽也是这一派的中坚分子，但我和我的同志们（指酵儿、霉儿及放线菌等），所干的破坏工作，是有意识地破坏，是化解死物的破坏，是纯粹为了土壤的革命而破坏。

土壤的革命日夜不停地在酝酿着，我们的工作也一刻没有休息过。然而这浩大无比的工程，是需要全体土壤公民的分工合作。破坏了而又建设，建设了而又破坏，究竟是谁先谁后，如今是千头万绪，分也分不清了。

总之，没有营养他给派的破坏，营养自给派也无从建设；没有营养自给派的建设，营养他给派也无所破坏。这两派里，都有我的菌众参加，我在生物界地位的重要是绝对不可抹杀的事实。而今近视眼的科学先生和盲目的人类大众，若只因一时的气愤，为了我的那些少数不良分子的蛮动，而诅咒我的灭亡，那真是冤屈了我在土壤里的苦心经营。

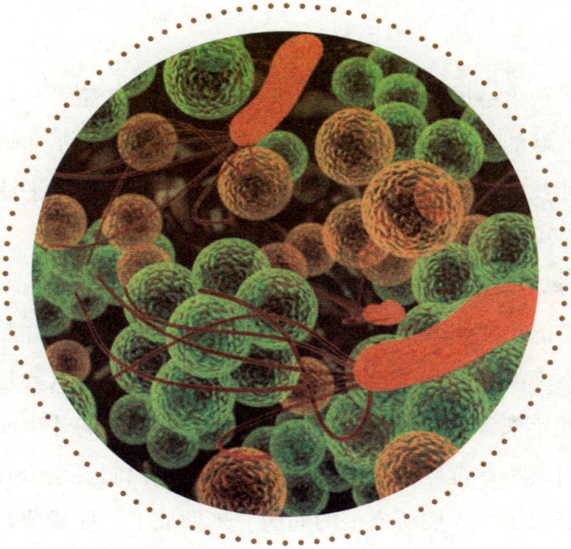

经济关系

我正伏在土壤里面，日夜不停地在做工，忽然望见一片乌云，遮满了中国古城的天空。顷刻间，暴风狂雨大作，冲来了一阵火药的气味，几乎使我的细胞窒息。我鼓起鞭毛东张西望，但见平津一带炮火连天，尸血满地！

这又将加重了我清除腐物烂尸的负担了。

这人类的自相残杀，本与我无干，何必我多嘴。

然而不幸战事倘若延长下去，就有这样黑心眼的人要想利用细菌战了。这几年来，细菌战的声浪，不是也随着大战的呼声而高扬吗？

奇异而又不足奇异的是细菌战。那是说，他们要请出我那一群蛮狠凶顽的野孩子，人们所痛恨的病菌，来助战了，使我菌儿也卷入战争的旋涡了。这如何不引起我的特别注意呀！

本来，我的野孩子们平日都在和人作战。战争一发，更造成了它们攻人的机会。它们自然就会闻风赶到了。

我想到这里，不禁打了一个寒噤，我的荚膜和鞭毛都战战栗栗抖动起来了。

将来战事一旦结束，人类触目伤心，能不怪我的无情吗？在平时，我本有传染病的罪名，在战时，我又加上帮凶的暴行呀！他们要更加痛恨我了。

呵呵！我的这些孩子们，真是害群之马，由于它们的猖獗，使人类大众莫不谈“菌”色变，使许多人犹认为“细菌”二字是多么不祥而可怕的名词。这真是我菌儿的大耻呵。

老实说，我的大部分群众，不像资本家，靠着榨取而生存；不像帝国主义者，靠着侵略而生存；不像病菌，靠着传染病而生存。我的大部分群众都是善良的细菌，生物界最忠实的劳动者，靠着自身劳动所得而生存。

我在土壤革命的过程中，经常地担任了几部门最重要的工作。这在前章已经叙述过了。

在土壤里，我不但会分解腐物以充实土壤的内容，我还会直接和豆科之类的植物合作哩。

在豆根的尖头，我轻轻地爬上它弯弯的根须，我爬进了豆根的内质，飞快地繁殖起来，由内层复蔓延到外层，使豆根肿胀了，长出一粒一粒的瘤子。这就是“豆根瘤”的现象。

这样地，我和豆根的细胞，取得密切联络，实行同居了。隐藏在豆根瘤里面的我的群众，都是技术能手。它们都会吸收空气中的氮，把它变成了硝酸盐，送给豆细胞，作为营养的礼物，而同时也接收了豆细胞送给它们的赠品，大量的糖类。

这真是生物界共存共荣的好榜样，一丝儿也没有侵略者的虚伪的气息。

种植豆科植物，可以增进土壤的肥沃，这在中国古代的农民，老早就知道了。可惜几千年以来，吃豆的人们，始终没有看见过我的活动呀。

直到了 1888 那年，有一位荷兰国的科学先生出来，仗义执言，由于他研究的结果，这才把我在土壤里的这个特殊功绩，表扬了一下。

这是在农业经济上，我对于人类的贡献。

在工业方面，我和人类发生了更密切的经济关系。

人类的工业，最重要的莫过于衣食两项，在这衣食两项，我却都尽了最大的努力，努力生产。

我原是自然界最伟大的生产力。

宇宙是我的地基，地球是我的厂屋，酵素是我唯一神妙的机器。一切无机和有机的物体都是我的好原料。

我的菌众都在共同劳动，共同生产，所造成的东西，也都涓滴归公，成为生物界的共有物了。

不料，野心的人类，却想独占，将我的生产集中，据为私有。

在显微镜没有发明以前的时代，他们虽没有知道我的存在，却早已发现了我的劳动果实。他们凭着暗中摸索所得的经验，也知道了在人工的环境里面，安排好了必需的原料，也就能产出我的劳动果实来了。

这在当初他们就认为是自然而然的事。到了化学昌明时代，又认为这是化学变化的事。谁也想不到这乃是微生物的事呀！

他们所采选的原料，也就是我的天然食料，我的菌众老早就预伏在那里面了。并且在人工的环境都适合了我生存的条件时，我也飘飘然的不请自来了。

我不声不响地在那儿工作着，造成了大量的生产品。他们却以为是他们自己的创造与发明。

于是传之子孙，守为家传秘法。我的劳动果实，居然被这些无耻的商人，占为专利品了。

从酒说起吧，酒就是我的劳动果实之一。我的亲属们多数都有造酒的天才，尤其是酵儿和霉儿那两房。米麦之类的糖类，各式各样的糖和水果，一经它们的光顾，就都带点酒味了。不过，有的酒味之中，还带点酸，带点苦，或带点臭。这显然表示，在自然界中，有不少的杂色的劳动分子，在参加酒的生产呀！这些造酒的小技师们，各有不同的个性，不同的酵素，它们所受用的原料，又多不同，因而天下的酒，那气味的复杂，也就很可观了。

这是酒在自然界中的现象。

天晓得，传说中，是在大禹时代吧，就有了这么一位聪明的古人，叫作仪狄的，偶尔尝到了一种似乎是酒的味道，觉着香甜可口，就想出法子，自己动手来造了，从此中国人就都有了酒喝。

西方的国家，也有它们造酒的故事。

于是，什么葡萄酒呀、啤酒呀、白兰地呀，连同绍兴老酒、五加皮等都算在一起，酒的花样真是越来越多了。

酒也是随着生产手段的变化而变化的吧！然而在这生产手段中，我却不能缺席。

在自然界，酒是我的手工业，我的自由职业，我是造酒的生产力。

在人类的掌握中，酒是我的强迫职务，我成为造酒的奴隶，造酒的机器了。

奇异而又不足为奇的是，人类造酒的历史已经有几千年了。他们也从不知道有我在活动。

这黑幕终于是揭穿了，那又是胡子科学先生的功业。他在显微镜上早已侦察好我的行踪了。

有一回，他特制了几十瓶精美的糖汁果液，大开玻璃小塔之门，招请我入内欢宴，结果我所亲到过的地方，一瓶一瓶都有了酒意了。

于是他就点头微笑地说：

“乖乖，微生物这小子果然好本领，发酵的工程，都是由它一手包办成功的呀！”

话音未落，他就被法国的酒商请去，看看他们的酒桶里出了什么毛病，这么好好的酒，全变成酸溜溜的了。

胡子科学先生细细地视察了一番，就作了一篇书面的报告。大意是说：

“纯净的酒，应该请纯净的酿母菌来制造。酒桶的监督要严密，不可放乳酸杆菌，或其他不相干的细菌混进去捣乱。

“乳酸杆菌是制造乳酸的专家，绝不是造酒的角色。你们的酒桶就是这样地给它弄得一塌糊涂了，这是你们这次造酒失败的大原因……用非其才。”

他所说的酿母菌，指的就是我那酵儿。

我那酵儿，小山芋似的身子，直径不到 5 微米（微米是千分之一毫米），体重只有 9.8175×10^{-6} 毫克。然而算起来，它还是吾族里的大胖子。

然而胡子科学先生只知其一，不知其二。那大胖子并不是发酵唯一的能手，吾族中还有长瘦子，也会造出顶甜美的酒。这长瘦子便是指我的霉儿。

它身着有色的胞衣，平时都爱在潮湿的空气中游荡，到处偷吃食品，捣毁物件，是破坏者的身份，又怎么知道它也会生产，也会和人类发生经济关系呢？

这就要去问台湾人了。

原来霉儿那一房所出的子孙很多很复杂。有一个孩子，叫作“黑麹菌”的，不知怎的竟被台湾人拉去参加制酒的劳动了。现今的台湾酒，大半都是由它所造成的。

这一房里，还有一个孩子，叫作“黄绿色麹菌”的，也曾被中国、日本和南洋群岛等处的酒商，聘去做发酵的工程师。不过它所担任的，是初步的工作，是从淀粉变成糖的工作。由糖再变成酒的工作，他们又另请酵儿去担任了。

我的菌众当中，有发酵本领的，当然不止这几个，有许多还等着科学先生去访问呢。这里恕我不一一介绍了。

酒固然是发酵工业中的主要的生产品，但甘油在这战争的时代，也要大出风头了。

甘油，它原是制造炸药的原料。请一请酵儿去吃碱性的糖汁，尤其是在那汁里掺进了 40% 的“亚硫酸钠”，它痛饮一番之后，就会造成大量的甘油和酒来了。

不过，还有面包。西洋的面包等于中国的馒头包子，都是大众的粮食。它们也须经过一番发酵的手续。它们还不也是我的劳动果实吗?

可怜我那有功无罪的酵儿们，在面包制成的当儿就被人们用不断高升的热力所蒸杀了。这在面包店的主人，是要一方面提防酵儿吃得过火，一方面又担心野菌的侵入，所以索性先下手为强，以保护面包领土的完整。

有时面包热得并不透心，这时候我的野孩子里面有个叫作“马铃薯杆菌”的，它的芽孢早已从空气中移驻到面包的心窝了，就乘机暴动起来，于是面包就变成胶胶黏黏的有酸味不中吃的东西了。

在人类的食桌上除了面包和酒以外，还有牛奶、豆腐、酱油、腌菜之类的食品，也都须靠着我的劳动才能制造成功。

牛奶，不是牛的奶吗? 怎么也靠着我来制造呢?

这我指的是一种特别的牛奶——酸牛奶。这东西中国人很少吃过，而欧美人士却当它是比普通牛奶还好的滋补品，是有益于肠胃消化的卫生食品了。

酸牛奶的酸是有意识的酸，是含有抗敌作用的酸。酸牛奶一落到人们的肚子里，我的野孩子们就不敢在那儿逞凶了。

奇异而又不足为奇的是，制造酸牛奶的劳动者，就是造酒商人所痛恨的“乳酸杆菌”呀！

呵呵！我的乳酸杆菌儿，在牛奶瓶中，却大受人们欢迎了。

不但在牛奶瓶中，有如此盛况，在制造奶油和奶酪的工厂中，它也到处都受厂方的特别优待。这都因为它是专家，它有精良的技术，奶油、奶酪、酸牛奶等，都是它对人类优美的贡献。

酸牛奶在保加利亚、土耳其及其他国，是很盛行的。因为它有功于肠胃，所以那儿的居民，常恭维它作“长寿的杆菌”。这真是我这孩子的一件美事。

据说，美国的腌菜所用的乳酸，也是这乳酸杆儿的出品。不过，他们在乳酸之外，有时又掺进了一些醋酸、酪酸，及其他有香味的酸。

这些淡淡浓浓的酸，我也都会制造。法国有一位著名的女化学家，就曾请我到她实验室里表演造酸的技术。结果，我那个黑色的麴儿表演的成绩最佳，它造成了大量的草酸和柠檬酸。现在市场上所售的柠檬酸，一大部分都是它的出品。

豆腐、酱油之类的豆制食物，却是我的黄绿色麴儿的出品了。这是因为它有化解豆蛋白质的能力。

中国制酱油的历史，算是最久远了。可惜中国人死守古法，不知改进，又因为对于我的真相的不认识，酱油里往往有野菌暗渡，弄得黄绿色麴菌不能安心工作，不知浪费了多少原料呀！

你看，那倭国的商人就乖巧些，他们就肯埋头研究，积极在我菌众中物色最干练的酱油司务。

在爪哇，豆制食品也很兴盛，他们专请了另一位小技师，那是我的棕色麴儿。我又有几个孩子，被美国人请去帮他们忙制造甜美的冻膏了。

总之，在吃的方面，我和人类的经济关系，将来的发展是未可限量的。

不过在许多地方，人类却都提心吊胆的，谨防我来侵犯他们的食品。这是因为我那些野孩子的暴行所给他们的恶劣印象，也太深刻了。

那新兴的罐头食品工业，便是人类食品自卫的一个大壁垒。他们用高压强热的手段，来消灭我在罐头境内的潜势力；又密不通风地封锁起来，使我无缝可入。这真是罕见的门罗主义，食物的独占政策，我在这儿也不便多说了。

穿的方面呢？人类也尽量地利用了我的劳力了。浸麻和制革的工业就是两个显著的例子。

在这儿，我的另一班有专门技术的孩子们，就被工厂里的人请去担任要职了。

浸麻，人类在古埃及时代，老早就发明了浸麻的法子了，也老早就雇用了我做包工。可是，像造酒一样，他们当初并没有看出我的形迹来。

浸麻的原料是亚麻。亚麻是顶结实的一种植物组织，是衣服的上等材料。它的外层，有顽固而有黏胶性的纤维包围着。

浸麻的手续就是要除去这纤维。这纤维的消除又非我不行。我的孩子们有化解纤维素的才能的也不多见。这可见化解纤维素的本事，真是难能可贵了。

这秘密，直到20世纪的初期，才有人发觉。从此浸麻的工业者，就大体注意我这有特殊技能的孩子的活动了。于是就力图改善它的待遇，在浸麻的过程中，严禁野菌和它争食，也不让它自己吃得过火，才不至于连亚麻组织的本身也吃坏了。

在制革的工厂里面，我的工作尤为紧张。在剥光兽毛的石灰水里，在充满腥气的暗室中，在五光十色的鞣酸里，到处都需要着我的孩子们的合作。兽皮之所以能化刚为柔而不至于臭腐，我实有大功。

不过，在这儿，也和浸麻一样，不能让我吃得过火，万一连兽皮的蛋白质都嚼烂了，那就前功尽弃了。

土壤革命补助了农村经济；衣食生产有功于人类的工业。这样看来，我不但是生物界的柱石，我还是人类的靠山，干脆点说：人类靠着我而生存。

我这并不是大言不惭。

你瞧！那滚滚而来臭气冲天的粪污，都变成田间丰美的肥料了。这还不是我的力量吗？没有我的劳动，粪便的处置，人类简直是束手无策。

由此可见，我和人类，并非绝对的对立，并无永久的仇怨！

那对立、那仇怨，也只是我那些少数的淘气的野孩子们的妄举蛮动。

观乎我和人类层层叠叠的经济关系，也可以了解我们这一小一大的生物间仍有合作的可能呵！

然而人类往往以特殊自居，不肯以平等相待。自从实验室里燃起无情之火，我做了玻璃之塔中的俘虏，我的行动被监视，我的生产被占有，从此我的统治权属于那胡子科学先生的党徒了。我这自然界中最自由的自由职业者，如今也不自由了，还有什么话可说！

图书在版编目（CIP）数据

菌儿自传 / 高士其著. —北京：中国国际广播出版社，2017. 7
（2020.7重印）
（科普大师经典馆. 高士其）
ISBN 978-7-5078-3965-4

Ⅰ. ①菌… Ⅱ. ①高… Ⅲ. ①科学小品－作品集－中国－当代
Ⅳ. ① I267.3

中国版本图书馆 CIP 数据核字（2017）第 044703 号

菌儿自传

著　者	高士其
策　划	张娟平
责任编辑	筴学婧　张娟平
版式设计	国广设计室
责任校对	徐秀英
出版发行	中国国际广播出版社 [010-83139469　010-83139489（传真）]
社　址	北京市西城区天宁寺前街 2 号北院 A 座一层 邮编：100055
网　址	www.chirp.com.cn
经　销	新华书店
印　刷	日照教科印刷有限公司
开　本	880×1230　1/32
字　数	100 千字
印　张	4
版　次	2017 年 7 月　北京第一版
印　次	2020 年 7 月　第二次印刷
定　价	22.00 元

CRI 中国国际广播出版社　欢迎关注本社新浪官方微博　官方网站 www.chirp.cn